차원통제사

차원 통제사

1판 1쇄 찍음 2018년 6월 18일
1판 1쇄 펴냄 2018년 6월 25일

지은이 | 미르영
펴낸이 | 정 필
펴낸곳 | 도서출판 **뿔미디어**

편집장 | 김대식
기획 · 편집 | 김유미

출판등록 | 2002년 9월 11일 (제1081-1-132호)
주소 | 경기도 부천시 원미구 소향로 17번길(두성프라자) 303호 (우) 14544
전화 | (032)651-6513 / 팩스 032)651-6094
E-mail | bbulmedia@hanmail.net
비북스 | http://www.b-books.co.kr

값 8,000원

ISBN 979-11-315-9019-5 04810
ISBN 979-11-315-8457-6 04810 (세트)

차원 통제사

미르영 현대 판타지 장편 소설

마주한 진실 !

BBULMEDIA FANTASY STORY

8

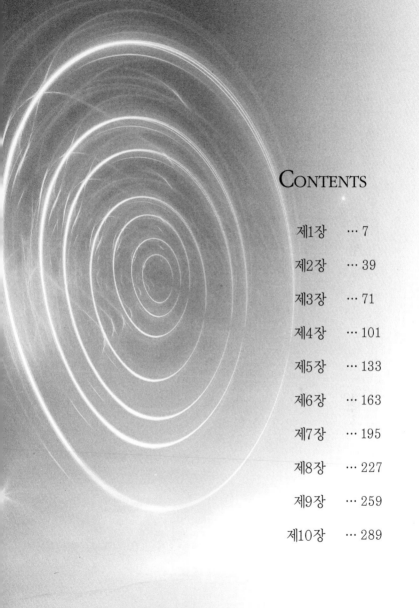

CONTENTS

제 1 장

그동안 파악한 정보를 바탕으로 샴발라로 짐작되는 장소를 찾아왔었다.

비공정이 본격적인 항로를 잡은 후에는 어디로 가는지 알 수 없지만, 이륙한 직후 서쪽으로 기수를 잡는 것이 확인되자 아시아 대륙 깊숙한 곳에 있을 것이라 판단하고 집중적으로 살폈다.

그중 가장 확률이 높은 것으로 추측되는 장소가 바로 대륙의 척추라 일컬어지는 히말라야산맥이었다.

짐작만 할 뿐, 위성으로 찍은 히말라야 사진을 보며 면밀히 조사해 봤지만 아무것도 발견할 수 없었다.

그저 거대한 봉우리들과 만년설로 뒤덮인 황량한 전경만 볼 수 있었다.

센터에서의 마지막 작전 전까지는 아무것도 찾을 수 없어 제외를 시켜두었는데, 최근에서야 히말라야산맥 안에 샴발라가 있다고 판단한 것은 아르고스의 눈 때문이다.

내 본성과 아르고스의 눈이 융합되어 만들어진 권능 같은 능력이 생긴 후 히말라야산맥 내부를 살펴본 결과 인식을 할 수 없는 곳이 있었던 것이다.

그저 일부분도 아니고 몇 개의 봉우리를 아우르는 아주 넓은 면적을 내 능력으로도 확인할 수 없었다.

지구 곳곳에 내가 인식할 수 없는 곳들이 상당수 있었지만, 히말라야처럼 엄청난 면적은 없었기에 샴발라가 있다고 어느 정도 확신을 가질 수 있었던 것이다.

— 스페이스, 아직도 위치가 확인되지 않아?

— 외부 상황을 파악하는 것이 차단되기 전까지 확인한 경로로 봐서는 마스터께서 예측하신 대로 히말라야산맥인 것만은 분명합니다. 하지만 정확한 위치는 저로서도 알 수가 없습니다.

— 됐어. 아르고스의 눈을 사용하고도 확인하지 못해서 어차피 기대하지도 않았으니까 말이야.

— 죄송합니다, 마스터.

차원 통제사

— 아니야. 그나저나 여기에 무엇이 있는지 확인을 해봐야 할 것 같은데 말이야. 어떻게 생각해?

— 그렇지 않아도 마스터께서 내리시는 순간부터 데이터를 수집하고 있습니다.

심상치 않은 에너지가 주변을 감싸고 있는 것을 확인했는지 스페이스도 분주한 모양이다.

'이런 지형에 거대한 에너지 파장이 둘러싸고 있어 위성사진에서도 나타나지 않았던 건가?'

비공정이 도착한 곳은 거대한 아홉 개의 봉우리가 둘러싸고 있는 분지 안이었다.

예전에 확인을 했던 위성사진에서는 이런 지형이 보이지 않았었다.

에너지 파장으로 인해 본래의 지향이 감춰지고 있는 것이 분명해 보였다.

"다들 내렸으면 비공정 앞에 삼 열 종대로 줄을 서라."

국정원에서 나온 자가 커다란 목소리로 지시를 하자 2차 각성을 위해 모인 사람들이 각자 타고 온 비공정 앞에 줄을 맞춰섰다.

"조금 있으면 샴발라로 들어가는 문이 열릴 것이다. 문이 열리게 되면 각자 가지고 있는 본성이 개방될 것이고, 뭔가 느낌이 올 것이다. 그 느낌을 따라가다 보면 2차 각성을 하게 될 테니 두려워하지 마라."

다시 한 번 커다란 목소리가 이어지자 모여 있는 사람들의 눈에 긴장의 빛이 서리기 시작했다.

우우우우웅!

콰—드드드드득!!!!

말이 끝나기 무섭게 분지가 진동하며 땅속에서 뭔가 솟아오르기 시작했다.

국정원에서 온 자의 말처럼 거대한 문이었다.

그것도 하나가 아니었다.

거대한 아홉 개의 봉우리 앞 쪽에 모양이 같은 문들이 올라오자 다들 긴장된 표정으로 변화가 끝나기를 기다렸다.

'으음.'

심상치가 않다.

거대한 문들은 파리에 있다는 개선문과 비슷한 양식의 대리석으로 만들어져 있었다.

닫혀 있지 않은 개선문과는 달리 땅에서 솟아오르고 있는 문에는 짙은 흑광을 발하는 금속에 의해 막혀 있는데, 심상치 않은 에너지가 주변에 넘실거리고 있었다.

— 마, 마스터, 게이트입니다.

— 나도 알아.

지금까지 내가 봐왔던 게이트들은 하나같이 공간이 갈라지며 나타났는데, 그런 것들과는 달리 문의 형태를 하고 있다니 놀라운 일이 아닐 수 없다.

'이런!!'

비공정이나 우리를 호송하고 왔던 이들은 물론, 타고 왔던 비공정도 보이지 않았다.

분지 안에 남아 있는 것은 2차로 각성하기 위해 온 사람들뿐이었다.

'우리가 있던 공간이 바뀌었다.'

차원을 연결하는 게이트가 나타난 것에 놀라서 그들이 사라진 것을 알아차리지 못한 것이 아니었다.

비공정과 호송하던 이들이 사라진 것이 아니라, 나를 비롯해 2차 각성할 사람들이 다른 공간으로 이동한 것이다.

의문스러운 것은 우리가 지금 서 있는 공간이 도착한 곳과 같은 곳이라는 것이다.

'다른 곳에 존재하는 똑같은 공간인지, 아니면 시간 축을 달리하는 것인지는 모르겠군. 문이 나타난 것 말고는 주변의 모습이 처음 도착했을 때와 다르지 않으니 말이다.'

― 스페이스, 여기는 어디지?

― 저도 모르겠습니다. 하지만 아까와 같은 공간이라는 것만은 분명합니다.

'어떻게 이럴 수가 있는 건지 모르겠지만 조심해야겠다.'

스페이스조차 어떻게 이런 일이 벌어진 것인지 알아차리지 못했기에 긴장하지 않을 수 없었다.

'침착하게 대처해야 한다.'

─ 장문인이다. 다들 나를 중심으로 모여라.

무슨 일이 벌어질지 예측할 수 없는 상황이라 문도들에게 텔레파시를 보냈다.

"으음……."

텔레파시를 보냈는데도 다들 아무런 반응이 없었다.

"성진이 형! 근호 형!! 얘들아!!!"

목소리를 높여 형들과 오인방을 불러봤지만, 내 말을 듣지 못하는지 반응이 전혀 없다.

"텔레파시도 그렇고, 말도 통하지 않다니……. 어떻게 된 거지?"

의문이 가실 사이도 없이 사람들이 움직이기 시작했다.

무엇인가에 이끌린 것처럼 몽롱한 눈빛으로 땅을 뚫고 솟아오른 문을 향해 움직이고 있었다.

성진이 형도, 근호 형도, 그리고 오인방을 비롯한 제자들도 마찬가지였다.

각자 다른 문을 향해 움직이고 있었다.

'다들 2차 각성이 시작된 건가? 하지만…….'

느낌이 들고 그 느낌을 쫓아가다 보면 각성을 하게 된다고 했는데, 나는 아무런 느낌도 없다.

'으음, 조금 이상하다. 분명히 문이 열리면 느낌이 올 거라고 했는데?'

문이 열리면 느낌이 올 것이라는 것과는 달리 문 안쪽을 메우고 있는 금속으로 된 문은 열리지 않고 닫혀 있었다.

각성이 시작될 리 없다는 생각이 들려는 찰나, 가장 가까이 있었던 사람 하나가 외곽이 대리석으로 둘러싸인 금속으로 된 샴발라의 문을 향해 발걸음을 옮겼다.

"왜 저러지?"

문이 열리지 않았는데도 다가서는 모습을 보며 이상하다고 생각한 것이 무색하게 어찌된 일인지 스며들듯 안으로 사라져 버렸다.

"으음, 나에게는 닫힌 것처럼 보이지만 저 사람에게는 문이 열린 건가? 다른 사람들도 마찬가지고……."

금속으로 된 문을 향해 발걸음을 옮기던 다른 이들의 모습도 마찬가지였다.

나에게는 닫힌 것처럼 보이지만 그들에게는 문이 없는 듯 안쪽으로 사라져 버리는 것은 마찬가지였다.

무엇에 홀린 것 같은 표정으로 각자 금속으로 된 문을 향해 움직였고, 하나둘 스며들듯 안쪽으로 사라져 버렸다.

어느 정도 시간이 지나자 분지 안에는 나 혼자만 남고 주변에는 아무도 없었다.

"으음……. 나는 2차 각성을 못하는 건가?"

혼자 남게 되자 2차 각성을 못할 수도 있다는 생각에 두려운 마음이 든다.

샴발라에 들고도 각성을 못하는 이들이 있다는 것은 들었지만, 그게 내가 될 것이라고 전혀 생각하지 못했는데 아무래도 재수가 없는 모양이다.

그르르르릉!

마음이 답답해지는 찰나 문들이 진동하며 갑자기 움직이기 시작했다.

"뭐지? 어?"

천천히 옆으로 움직이던 문 하나가 다른 문과 부딪치려 하고 있었다.

충돌이 일어나 부서질 것이라고 생각했지만, 겹치듯 문이 합쳐지며 크기가 커졌다.

크기를 키운 문이 다시 움직였고, 또 다른 문과 합치며 크기를 더 키웠다.

그렇게 얼마 지나지 않아 아홉 개의 문들이 모두 합쳐졌고, 거대한 문이 자태를 드러냈다.

"새로운 문인가?"

끼—이이익!

대리석 안쪽을 막고 있던 거대한 금속 문에서 움직이는 소리가 들리더니 천천히 열리고 있었다.

"으음……."

갑자기 머리가 어지럽고 울렁거리더니 시야가 점점 흐려지기 시작했다.

— 스페이스!

이상을 느끼는 것과 동시에 스페이스를 부르고 삼환제령인을 펼쳤다.

통합된 의식들이 삼단전에서 올라와 흐려지려는 의식을 깨워 정신을 어느 정도 차릴 수 있었다.

— 마스터, 괜찮으십니까?

— 괜찮아. 스페이스, 지금부터 저 문 안으로 들어갈 테니까 주변을 잘 살펴줘.

— 예, 마스터.

열려진 금속 문으로 천천히 발걸음을 옮겼다.

스페이스가 위험한 상황이 없는지 살피고 있을 테지만, 혹시나 몰라서 내 본성인 심연의 심안과 융합된 아르고스의 눈을 사용하며 안으로 들어갔다.

'이 느낌! 그곳에서 느꼈던 그것과 같다.'

타클라마칸에서의 작전이 끝난 후 시베리아에 갔을 때 거대한 폭발 현장의 중심에서 종류를 알 수 없는 에너지의 유동을 느꼈을 때와 같은 에너지 파동이 느껴졌다.

아홉 개의 서로 다른 에너지가 이합집산을 계속하며 변화하고, 지금 세상에 흐르는 기반 에너지와 비슷하면서도 완전히 다른 형태의 에너지가 안쪽에서 흐르고 있었다.

안으로 들어서자 시야로 들어오는 풍경이 정말 생소했다.

마치 폐허가 된 유적지처럼 세월의 흔적이 가득한 건물의 잔해들이 널려 있는 공간이었다.

"으음, 여기는 어디지?"

안쪽으로 들어서자 내가 지나온 거대한 문이 온데간데없이 사라져 버리고 없었다.

— 스페이스, 이곳 위치가 어디인지 알 수 있어?

— 마스터, 위치를 전혀 알 수가 없습니다. 무엇보다 지구가 아닌 것 같습니다. 어쩌면 이곳은 지구 대차원과는 다른 차원일지도 모르겠습니다.

— 지구 대차원에 속한 차원도 아니라는 거야?

— 그렇습니다. 지구 대차원에 속한 차원들의 정보와 일치하는 것이 하나도 없습니다.

문을 통과 했는데, 지구 대차원을 벗어난 공간이라니 믿을 수 없는 일이다.

— 골치 아프군. 나는 이 주변을 탐색해 볼 테니까, 위험한 것이 있는지 주변을 살펴봐 줘.

― 알겠습니다, 마스터.

스페이스에게 부탁을 하고 폐허처럼 보이는 유적지를 살펴 나갔다.

이곳저곳을 살펴보면서 건물을 이루던 잔해에 새겨진 부조들을 통해 지금 내가 있는 곳이 거대한 신전의 일부라는 것을 알 수 있었다.

"어딘가 이곳에 대한 기록 같은 것이 남아 있을지도 모르니 살펴보자."

여기저기 널려 있어 정확한 의미를 파악할 수는 없었지만 잔해들에 남겨진 부조들은 그렇게 단순한 것이 아니었다.

단순한 형상을 조각하거나 새긴 것이 아니라, 일정한 흐름을 가진 이야기를 시간의 흐름에 따라 기록한 것이라는 것을 확인한 후 적극적으로 잔해들을 살펴 나갔다.

"유적의 본체는 지하에 매몰이 되어 있는 것이 확실하다."

잔해들을 살펴본 결과 대부분이 지붕을 형성하고 있는 것임을 알 수 있었기에 유적의 대부분이 땅속에 묻혀 있음을 확인할 수 있었다.

'땅을 파서 볼 수도 없고, 난감하군. 일단 스페이스에게 부탁을 해보자.'

유적지를 발굴하는 것처럼 지하에 구조물을 확인하기는 어려운 일이라 스페이스를 부르기로 했다.

— 스페이스!

— 예, 마스터.

— 주변에 위험 요인이 될 만한 것이 있어?

— 아직은 없습니다.

— 그러면 지하에 뭐가 있나 살펴볼 수 있어?

— 가능합니다.

— 지하에 본체가 있는 것 같으니 확인해 보고, 홀로그램으로 망막에 비춰줘.

— 예, 마스터!

잠시 기다리니 망막에 홀로그램이 떠올랐다.

"으음……."

지상 위에 남아 있는 잔해로 봤을 때 상당한 규모일 거라고 생각했는데, 예측한 대로 지하에 있는 구조물은 모두 아홉 개나 되었다.

'하나같이 다른 양식이고, 전부 지구에 있는 고대 사원들과 모습이 비슷하다.'

— 지상에 있는 잔해들을 맞춰서 보여줄 수 있어?

— 가능합니다.

스페이스가 지상에 있는 잔해들까지 홀로그램을 이용해 퍼즐을 맞춰 영상을 보여주었다.

'대단하군.'

맞춰진 영상을 보고 놀라지 않을 수 없었다.

신화와 전설, 그리고 각 종교에 초기에 나타난 신전의 양식과 같은 구조로 되어 있는 구조물들이었기 때문이었다.

'역시 지구에 존재하는 신들은 다른 차원으로부터 넘어온 특별한 존재들이었던 것이 분명하다.'

신화와 전설, 종교의 기원을 보면 신들이 하늘에서 내려오거나, 아무것도 없이 스스로 존재하는 탓에 아예 어디서 왔는지도 모르는 경우가 있다.

이런 내용을 토대로 어쩌면 신들이 다른 차원에서 왔거나 외계인일지 모른다는 학설이 존재한다.

지금 이 공간은 지구가 아닌 다른 차원일 확률이 높은데도 같은 양식의 신전들이 있는 것을 보면 신들이 다른 차원의 존재이거나 외계인이라는 학설이 맞는 것 같다.

'실물을 확인해 볼 필요가 있다.'

홀로그램으로는 알 수 있는 부분이 그다지 많지 않은 터라 완전한 모습을 한 번 볼 필요가 있었다.

지금으로서는 어디로 나가는지도 알 수 없는 상태고, 반드시 확인해야 할 것 같은 예감이 들었기 때문이기도 했다.

— 스페이스.

— 예, 마스터.

— 흙을 치우고 지하에 있는 구조물들을 지상으로 드러낼 수

있겠어?

— 마법으로 충분히 가능합니다. 하지만 만들어진 지 오래된 탓에 마스터께서 직접 손을 보셔야 할 부분도 있습니다.

— 알았어. 어차피 상층부도 다시 조립해 봐야 할 것 같으니 일단 흙을 거둬줘.

— 알겠습니다. 그러면 제한을 풀어주시기 바랍니다.

제한을 풀자 스페이스가 마법을 사용해 흙을 걷어내기 시작했고, 나는 스페이스의 지시에 따라 훼손되어 위험한 부분을 잔해들을 이용해 고정 마법으로 보강해 나갔다.

형들을 비롯해 제자들이 다들 각성을 하고 샴발라를 떠났을 수도 있는 상황이었지만 최선을 다해 하나하나 신전을 복원했다.

신전이 모두 아홉 개라 상당한 시간이 걸렸다.

지구에 있는 신전들과는 달리 복원하는 신전에는 신들의 기원에 관한 내용이 부조로 남겨져 있었다.

지구에서는 몇몇 종교나 신화를 제외하고는 모두 별개의 신들로 알려져 있었지만, 이곳 부조의 내용을 살펴보니 모두 연관이 되어 있었다.

신들로 알려진 이들은 하나의 거대한 세상에서 스스로의 한계를 깨고 초월자들로 거듭난 존재들이었다.

차원의 정점에 서기 위해 그들은 전쟁을 벌였고, 거대한 세상은 아홉 개로 갈라져 지금 우리가 알고 있는 지구 대차원을 이루는 각각의 차원이 되었다는 것이 신전에 남겨진 부조들로 기록되어 있었다.

'으음, 지구에 다양한 신들이 존재했던 것은 지구를 차지했던 존재가 그들 중에서 가장 약했기 때문이었구나.'

기록을 보면 가장 강대했던 아홉 존재들은 각각의 차원의 주신이 되었다.

지구를 차지했던 주신은 그중에서도 가장 약했기에 다른 존재들의 간섭을 받아야 했다.

여덟 차원의 주신들이 된 이들은 자신의 의지가 드리워진 아바타를 내세워 지구 차원에 존재감을 드러내는 것도 모자라 자신의 휘하들을 보내 세력을 넓혔다.

여덟 주신이 보낸 존재들로 인해 지구에 다양한 신화들과 종교가 나타나게 되었던 것이다.

신전에 나타난 기록은 딱 거기까지였다.

'저 기록 이후에 분명 커다란 사건이 발생했다. 지구로 넘어온 아바타들이 전혀 힘을 쓰지 못하고 신화와 전설로 묻혀 버리는 대사건이 말이야.'

대변혁이 일어나기 전까지는 신이란 존재의 실재 여부가 지속적으로 논란이 되었다.

어느 순간부터 신이라 불리는 아바타들이 직접적으로 지구 차원에 간섭을 할 수 없었다는 뜻이다.

신적인 존재들의 권능이나 힘을 억제할 만한 커다란 사건이 발생했다는 것을 의미하기에 궁금하지 않을 수 없었다.

'지구를 차지했던 초월적인 존재가 뭔가를 했을 가능성이 가장 높다. 그리고 그들을 억눌렀던 족쇄가 대변혁으로 풀려 버린 것이고. 하지만⋯⋯.'

대변혁 이후의 세상을 살펴보면 신적인 존재들의 권능이나 힘을 억제했던 족쇄가 완전히 풀린 것 같지는 않다.

직접 권능을 발휘하는 존재가 나타난 적이 없고, 그저 신을 대변한다고 할 수 있는 의지와 권능이 담긴 유물의 형태로 세상에 나타난 것뿐이니 말이다.

'으음, 생각하면 할수록 복잡하군. 대변혁 이후에 의지와 권능이 담긴 유물은 남아 있지만, 실체를 가진 존재는 한 번도 나타난 적이 없으니 말이야. 그나저나 이대로라면 나는 2차 각성을 할 수 없다는 말인데⋯⋯.'

신화나 전설로 전해지는 것들이 어떻게 만들어졌는지 알게 되었지만, 지금은 그것이 문제가 아니다.

자칫 잘못하다가는 2차 각성을 못할지도 모르니 말이다.

'2차 각성을 하기 위해서는 각자 가지고 있는 본성과 상성에 맞는 문으로 들어가야 하는 것이 분명하다. 다른 이들과는 달리 나는 이곳으로 들어왔고⋯⋯. 그렇다면 이곳에 내가 각성할 수

있는 단서가 있다는 뜻인데?'

지금 내가 들어온 이곳에 각성을 위한 단서가 있는 것은 분명하지만, 문제는 내가 다른 이들과 같지 않다는 것이다.

무엇인가에 홀린 것 같은 표정으로 게이트로 보이는 문을 향해 간 것을 보면 그때부터 각성이 시작된 게 틀림없으니 말이다.

그들의 상태를 보며 무엇인가와 접속이 되어 본성에 변화가 일어나고 있었던 것이 확실하지만, 지금 내 정신은 더할 나위 없이 또렷하다.

각성을 촉발하는 뭔가와 완전히 접속이 되지 않은 상태지만, 이곳에 단서가 있을 것이 확실하기에 조금 더 자세하게 살펴봐야 할 것 같다.

지구 대차원을 이루는 각 차원을 지배하는 존재들을 기리기 위한 신전인 분명한 만큼, 이곳에 단서가 없다면 각성은 물 건너간 것이라고 봐야 했다.

스페이스의 도움을 받아가며 신전들을 살펴 나갔다.

바닥에서 지붕까지 샅샅이 훑어봤지만 단서라고는 손톱만큼도 없었다.

— 스페이스.

— 예, 마스터.

— 뭐 나온 거 없어?

― 에너지 흐름도 특별한 것이 없는 것 같고, 암호화된 기록도 존재하지 않습니다.

― 후우, 골치 아프군.

단서를 찾지 못해서인지 초조한 마음이 들었다.

― 그런데 조금 이상합니다.

― 이상하다니?

― 분명히 신전인데, 신상 같은 것이 하나도 없습니다.

― 신상?

스페이스의 말을 듣고 생각해 보니 내가 드나들며 조사한 신전들에는 주인이라고 할 수 있는 신을 상징하는 신상이나 신상의 잔해들이 하나도 없었다.

― 그게 뭐가 이상하다는 거지?

― 중심부에 신상을 세워둔 것으로 보이는 신좌는 있는데 신상이 없어서 말입니다.

― 으음…….

스페이스의 말이 맞다.

제단도 있고, 신상을 세워두었을 것으로 보이는 장소도 있었지만 신상이 없었다.

곧바로 제단 뒤로 가서 신상이 세워져 있었을 것으로 보이는 신좌로 갔다.

'있다.'

희미하지만 신좌 위에 마치 발자국처럼 보이는 눌린 자국이 있었다.

혹시나 몰라 발자국에 맞춰 선 후 신전 내부를 살펴봤다.

샅샅이 훑어가며 찾아왔을 때도 보이지 않았던 뭔가가 시야에 들어왔다.

— 마스터!

— 그래, 나도 봤어.

스페이스의 외침에 내가 본 것을 확인하기 위해 움직이자 시야에 들어온 것이 사라져 버렸다.

빠르게 이동해 신전 중앙으로 갔지만 뭔가가 보였던 바닥에는 아무것도 없었다.

처음 살펴봤을 때와 다르지 않은 모습입니다.

— 마스터, 신좌에 섰을 때만 보이는 것 같습니다.

— 그런 것 같아.

다시 신좌로 올라가서 조금 전 같이 선 후 바닥을 바라보았다.

'역시, 있다.'

움직이기 전에 봤던 것은 희미했는데, 다시 보니 아주 선명하게 시야에 들어왔다.

'마법진이 틀림없다.'

커다란 원 사이로 알 수 없는 기호들이 빼곡하게 들어차 있는

데, 마법진이 틀림없었다.

단서를 찾은 것 같아 의식을 집중해 마법진을 살피자 문양들이 더욱 확연해기 시작하더니 약하게 에너지 파동을 내뿜기 시작했다.

움직이면 다시 사라질지도 모르기에 신좌에서 자리를 지키며 에너지가 보여주는 스펙트럼에 주목했다.

활성화된 에너지 파동이 내 미간을 향해 쏘아지고 있었기 때문이었다.

에너지 파동을 느끼며 삼환제령인을 끌어 올렸다.

자칫 에너지 파동에 잠식당할 우려가 있었기 때문이다.

— 마스터, 아무래도 이 신전의 주인에 대한 기록인 것 같습니다.

나도 알지만 정신을 최대한 집중해야 하는 터라 스페이스에게 대답조차 할 수 없었다.

에너지 파동이 정보로 전환되며 내 의식으로 쏟아져 들어오기에 의식을 집중해야 했기 때문이다.

스페이스의 말대로 신전의 주인에 대한 것이라, 통합된 의식이 아니라면 받아들이다가 과부하가 걸릴 수도 있는 엄청난 양의 정보였다.

'이제 끝나는 건가?'

얼마나 시간이 흘렀는지 모르지만, 지끈거리던 두통이 가라

않는 것을 느끼면서 어느 정도 여유가 생겼다.

― 스페이스.

― 마스터, 괜찮으십니까?

― 괜찮아. 대충 끝난 것 같으니까 다른 신전으로 가자.

스페이스를 부르는 순간에 시야에 아른거리던 에너지 파동이 사라지고 정보 전송이 끝났다.

'으음, 지구 대차원에 담긴 비밀이 무엇인지 알 수 있을지도 모른다. 대변혁이 왜 일어났는지도…….'

초월적인 존재라 그런지 삼환제령인을 통해 의식을 통합한 상태인데도 받아들이는 것이 힘겨웠지만 의미가 있었다.

아홉 개의 차원으로 갈라지기 전에 대차원을 두고 쟁투했던 존재 중의 하나가 가지고 있던 정보였기 때문이다.

'일단 다른 곳도 이런 정보를 남겼는지 살펴보자.'

통합 의식에 저장된 정보가 완전한 것이 아니었기에 다른 신전에 가보기로 했다.

― 다른 곳도 가봐야 할 것 같다.

― 예, 마스터.

다른 신전으로 가서 이번에도 신좌에 올라 시선을 바닥에 두자 에너지 파동이 미간을 향했다.

비슷한 방식으로 신전의 주인에 대한 정보를 얻을 수 있었지만 완전하지는 않았다.

대부분이 비슷하지만 약간은 다른 정보도 있었고, 첫 번째 신전이 주인은 가지고 있었지만 다른 신전에선 빠져 있는 것도 있었다.

불완전한 것이었기에 나머지 신전도 하나하나 돌며 같은 방식으로 정보들을 받아들였다.

'으음, 신전을 돌며 정보를 받아들이는 동안 삼환제령인이 급격히 성장했군.'

정보도 정보지만, 마지막 신전에서 정보를 얻는 과정이 끝나자 삼환제령인이 전과는 달라졌다는 것을 느낄 수 있었다.

신전을 돌기 전까지 내 의식은 삼환제령인의 네 번째 단계에 머물러 있었다.

아홉 개의 의식 중 세 개가 하나로 묶여진 통합 의식이 각각 삼단전에 머무르는 단계다.

삼단전에 머물고 의식들이 완전하게 대통합을 이루는 마지막 다섯 번째 단계로는 아직 완벽하게 들어서지 못했었지만, 지금은 아니었다.

필요할 때만 의식이 교류되는 수준이었는데, 신전을 돌며 정보를 얻는 과정에서 삼단전에 머물러 있는 소규모 통합 의식들 사이의 정보 교류가 원활해진 것이다.

내가 의식적으로 필요로 할 때만 교류가 이루어지는 것이 아니라 지속적으로 연결이 된 것이다.

'확인을 해볼 필요가 있다.'

나는 정상적으로 삼환제령인의 성취를 얻은 것이 아니다.

아버지가 남기신 전투 슈트와 내 신체가 일체화된 상태라 삼단전도 융합되어 있어서 정밀하게 체크하기 위해서는 스페이스의 도움이 필요하다.

— 스페이스.

— 예, 마스터.

— 내 상태를 체크해 줘.

— 알겠습니다.

스페이스의 체크가 끝나기를 기다렸다.

'오래 걸리는군.'

전과는 달리 상당한 시간이 걸리는 것을 보니 아무래도 신전을 돌며 이식받은 정보 때문인 것 같다.

받아들인 정보와 이로 인해 의식과 신체가 변화를 했는지 전부 살펴보는 것 같다.

— 마스터.

— 끝났어?

— 예. 관련된 정보의 양이 워낙 많아 분석이 완전히 끝나지 않았습니다만, 의식 통합 과정이 업그레이드되고 있는 것은 확실합니다.

— 신체에 걸리는 부하는 어느 정도지?

— 신체는 매우 안정적입니다. 그리고 의식 부분에 있어서도 과부하는 발견이 되지 않았습니다.

— 수고했어. 혹시 모르니 계속 지켜봐 줘.

— 예, 마스터.

안정적으로 대통합이 진행되고 있는 것은 다행이었지만, 스페이스가 받아들인 정보를 완전히 분석하지 못했다는 것은 의외다.

엄청난 양이기는 하지만 이미 끝냈어야 정상인데, 그러지 못하는 것을 보면 스페이스로서도 분석이 잘되지 않는 정보가 있다는 뜻이니 말이다.

'대통합이 이루어지고 다섯 번째 단계에 완벽하게 들어서면 나도 분석이 가능하니까 그때 살펴보자.'

삼단전에 각각 자리를 잡고 있는 소규모 통합 의식들의 교류가 원활해진 터라 머지않아 정보에 대한 정리가 끝나면 삼환제령인의 마지막 단계에 들어설 것이다.

삼환문의 역사상 시조 이외에는 아무도 들어서 본 적이 없는 단계라 자신할 수는 없지만, 스승님께 들은 대로라면 신이라는 존재와 같은 형태로 세상 만물을 의식할 수 있다고 했으니 말이다.

'초월적인 존재가 가진 정보를 전부 얻었지만, 그래도 각성은 되지 않는군.'

각성을 위한 단서를 얻었다고 생각했지만, 받아들인 정보에 그런 것은 없는 것이 확실하다.

변한 것이 아무것도 없으니 말이다.

'지구를 차지한 존재의 정보가 다른 존재들에 비해 형편없이 부족하다. 갈라지기 전의 거대한 차원에서 다른 존재들과 쟁투를 벌였던 존재치고는 너무 빈약하다. 그렇다면 뭔가 감추고 있다는 건데…….'

다른 존재들에게 핍박받았을 정도로 약해서 그럴 수도 있지만 그건 어불성설이다.

소멸되지 않고 살아남기 위해 자신에 대한 정보를 의도적으로 남기지 않았을 확률이 아주 높다.

그것이 약한 자가 살아남는 방법이니 말이다.

'지구를 차지한 존재의 정보를 온전히 얻게 되면 각성을 하게 될 확률이 높겠지만, 여기에서는 얻을 수 없을 것 같으니 그만 나가자. 다섯 번째 단계에 들어선 이상 각성을 하지 않아도 진성 능력자들을 상대하지 못하는 것은 아니니까.'

샴발라로 오기 전에도 S급 진성 능력자를 상대하는 것이 어느 정도 가능했다.

이제 삼환제령인도 다섯 번째 단계로 들어서기 시작한 것 같다.

초월자라 하더라도 어느 정도 상대할 수 있을 테니 각성을 하지 않아도 상관은 없다.

'지금 정도로도 충분히 상대할 수 있고, 지구를 차지한 존재의 정보를 얻거나, 삼환제령인이 마지막 단계의 들어서게 되면 각성을 할 것 같으니 조바심을 내지 말자.'

이제 슬슬 제자들이 각성을 끝낼 시간인 것 같으니 나도 밖으로 나가야 한다.

지구 차원을 주관하던 존재에게서 얻은 정보를 통해 이곳을 나가는 방법을 알게 되었으니 걱정은 없다.

정보를 얻는 것과 동시에 이 공간에 대한 지배권을 얻게 되자 나가고 싶다는 의지만 가지면 본래의 자리로 돌아갈 수 있었다.

— 스페이스, 돌아간다.

— 예, 마스터.

눈앞의 전경이 흔들리는가 싶더니 호송조가 사라져 버렸던 그 자리로 돌아왔다.

— 마스터.

— 왜?

— 지금 있는 공간에 대한 정보를 파악할 수 있게 된 것 같습니다.

— 그래? 여기가 어디인지 알려줘 봐.

— 홀로그램을 띄우겠습니다.

이제 보니 아홉 존재의 정보를 얻고 난 뒤 나만 달라진 것이 아니었다.

스페이스가 내 망막에 정보를 쏟아내고 있는데, 신전이 있었던 곳으로 들어가기 전까지만 해도 전혀 파악할 수 없었던 정보들이었다.

스페이스가 보내오는 정보를 파악하며 주변을 살펴봤지만 문안으로 들어갔던 사람들이 아직 돌아오지 않은 것인지 아무도 보이지 않았다.

'내가 늦은 건가? 아니면 아무도 돌아오지 않은 건가?'

아무것도 확신할 수 없기에 조금 더 기다려 보기로 했다.

잠시 기다리자 누군가 문을 나오는 것이 보였다.

'각성이 전부 끝나지 않은 건가?'

하나둘 사람들이 나오기 시작했지만, 자신이 어디에 있는지 무엇을 하는지 모르는지 모두 흐리멍덩한 눈빛이다.

각성이 끝나지 않고 아직 진행 중인 것이 분명하다.

'그런데 왜 다른 사람들뿐이지?'

상당수의 사람들이 모습을 드러냈는데도 불구하고 형들을 비롯해 본 문에 속한 사람 중에 나온 사람들이 하나도 없다.

─ 스페이스, 제자들이 어째서 나오지 않은지 확인할 수 있겠어?

─ 잠시만 기다려 주십시오.

스페이스가 확인하는 동안 나도 나름대로 문 형태의 게이트를 살폈다.

— 아직 각성이 진행 중인 것 같습니다.

— 그렇군.

아홉 개의 문이지만 단순히 아홉 개가 아니다.

사람들이 들어갔을 때 살펴본 바로는 같아 보이는 문을 들어 갔다고 하더라도 같은 문으로 들어간 것이 아니었다.

한 문으로 사람들이 들어갈 때마다 에너지 파장이 완전히 바 뀌었으니 말이다.

들어갔던 사람들이 다 나온 문들은 에너지 파장이 안정이 되 거나 아예 사라진 반면, 아직도 격렬하게 파장을 내보내는 문들 이 있었다.

아직 삼환문의 제자들이 남아 있어서 그런 것이 분명하기에 스페이스의 말이 맞는 것 같다.

각성이 아직도 진행 중이라서 문을 나온 후에도 멍하니 서 있기만 한 터라 조바심을 참으며 제자들이 나오기를 기다렸 다.

'나오는군.'

비밀 기지에서 정신과 영혼이 에고로 만들어지던 이들이 나 오기 시작했다.

먼저 나온 사람들과는 달리 눈빛이 선명했는데, 나오는 즉시 모두들 내가 있는 곳으로 와서 뒤에 섰다.

시간이 조금 더 흐른 뒤에 오인방과 근호 형, 그리고 성진이 형이 마지막으로 문을 나왔다.

'다행이군.'

모두들 눈동자가 아주 선명한 것이 각성을 완전히 끝내고 나온 것이 분명해 보이니 안심이다.

형들과 오인방도 다른 이들과 마찬가지로 내 뒤로 서자 주변의 풍경이 서서히 바뀌기 시작했다.

제 2 장

공간이 변이를 일으키자 흐리멍덩한 사람들의 눈빛이 본래의 상태로 돌아와 있었다.

'다른 사람들도 다들 무사히 각성을 한 것 같구나.'

처음 도착했을 때, 기대와 흥분에 차 있던 것과는 달리 아주 침착해 보이는 것을 보니 다들 각성을 끝낸 것 같다.

─ 마스터, 다른 차원에서 지구 대차원에 있는 공간으로 전이 됐습니다.

─ 조금 전의 공간은 지구 대차원이 아니었나 보군.

─ 그렇습니다.

비공정과 호송조가 보이는 것을 보니 스페이스의 말대로 조금 전까지 다른 차원에 있다가 원래의 공간으로 돌아온 것은 분명하다.

"전부 각성한 모양이군. 모두 비공정에 타라."

호송조를 지휘하는 자가 큰 소리로 말했고, 다들 아무런 말없이 자신이 내렸던 비공정에 타기 시작했다.

'다른 차원으로 이동해서 그런지 모르지만, 시간이 얼마 걸리지 않은 모양이군.'

호송조가 차고 있는 시계의 시간을 보니 상당한 오래 있었다고 생각을 했었는데 그렇지 않은 것 같다.

각성하기 위해 우리가 있었던 차원과 지구 대차원은 시간의 흐름이 다른 것이 분명했다.

'각성 대상자들이 차원 센터를 떠난 지 하루 정도면 다시 돌아오는 것이 이래서였군. 실제로 2차 각성에 걸리는 여정 중 가장 많은 시간을 차지하는 것이 샴발라까지의 이동 시간인 것 같다.'

나만 하더라도 다른 차원의 공간에 갔을 때 거의 하루가 넘게 있었던 것이 분명하다.

호송조가 차고 있는 시계의 시간상으로는 샴발라에 머문 시간은 몇 십 분이 채 되지 않았다.

기다리고 있는 입장에서는 잠시 사라진 뒤 나타나는 것이 2차 각성의 전부일 것이다.

실제로는 알 수 없는 공간으로 이동한 후 문으로 들어가 각성을 하는 것이지만 말이다.

— 스페이스, 지금은 외부가 확인이 되지?

— 예, 마스터.

— 가는 동안 경로를 확인해 놔.

— 걱정하지 마십시오.

타고 왔던 비공정에 오르며 스페이스에게 지시를 내렸고, 좌석에 착석하자 곧바로 이륙을 했다.

비행 궤도에 들어서 속도를 마하 10 이상으로 올리더니 얼마 지나지 않아 차원 센터에 도착했다.

차원 센터에 도착한 직후 각자 자신이 얻은 능력을 등록하는 과정이 진행됐다.

에너지 스톤을 이용한 검사기를 통해 능력에 대한 감정이 이루어지고 자동으로 등록이 되기에 빠르게 진행되었다.

각성을 하지 않은 것 같았지만 샴발라에 다녀온 사람들은 의무적으로 검사를 받아야 하는 터라 나도 등록 과정을 밟아야 했다.

"검사기 안으로 들어가시면 됩니다."

검사기 앞에서 대기하는 센터 직원에 안내에 따라 원통으로 만들어진 검사기 안으로 들어갔다.

초록색의 광선이 구석구석 훑고 지나가며 살피는 느낌이 별로 좋지 않았지만, 시간이 짧아 그럭저럭 견딜 만했다.

"리포트는 꼭 보셔야 합니다. 그리고 정보가 유출되지 않도록 주의하세요."

개개인의 능력에 대한 정보는 특급 비밀로 다루어지고, 스킨 패널로 전송이 되기에 검사관도 볼 수가 없다.

각성자 본인 이외에 능력의 특성을 알 수 있는 곳은 오직 국정원뿐이다.

그런데 검사관의 말이 좀 의외다.

각성을 했는지 여부를 파악하는 것도 등록 과정 중에 중요한 일인데, 나더러 리포트를 보라니 말이다.

'검사기에서 각성한 것으로 나오는 건가?'

샴발라에 들러 각성하지 못했다고 생각한 것이 틀린 것인지, 아니면 1차 각성만 했음에도 지금 내가 가진 능력 때문에 각성한 것으로 나오는 것인지 모겠지만 스킨 패널을 한 번 살펴봐야겠다.

— 오픈!

혹시 각성을 했는지 몰라 스킨 패널에 의지를 실었다.

'역시나, 각성을 한 것은 아니군.'

2차 각성을 하게 되면 각성자 본인에게만 나타난다는 상태창이 보이지 않았다.

'어쩌면 검사기가 오류를 일으켰을지도 모르겠군. 하지만 다

행이다. 결과가 각성한 것으로 나왔다면 차원통제사가 되는 데 문제가 없을 테니 말이다.'

2차 각성을 하지 않았지만, S급 진성 각성자와 맞먹는 능력을 가지고 있으니 차원통제사가 되는 것은 문제가 없다.

차원 이동을 할 수 있는 것이 각성자만은 아니니 말이다.

— 스페이스.

— 예, 마스터.

— 검사기가 어째서 나를 각성자로 판단했는지 알아볼 수 있어?

— 가능합니다.

— 그럼 한번 알아봐.

스페이스에게 부탁을 하고 검사장을 나왔다.

밖에서 대기하며 형들을 비롯해 문도들의 검사가 끝나기를 기다렸다.

하나둘 검사를 끝내고 나왔고, 표정을 보니 각성을 하지 못한 문도는 하나도 없는 것 같다.

검사가 모두 끝나고 난 뒤 차원 센터 밖에 있는 주차장으로 가서 버스에 탔다.

올 때는 버스를 타고 오지 않았지만 가야할 곳이 있었기에 같이 타고 움직였다.

이동을 하는 동안 내가 아무 말이 없자 다들 침묵한 채 그저 좌석에 앉아 있는 중이다.

'분위기가 너무 가라앉았군.'

각성에 대해 아직 얼떨떨한 면이 있겠지만, 나 때문일 가능성이 더 높았기 때문에 분위기를 살짝 풀어주기 위해 자리에서 일어났다.

"여기에서 다른 버스에도 방송을 할 수 있나?"

"가능합니다."

"그럼 연결을 시키도록."

"알겠습니다."

버스를 운전하고 있는 현화의 수하에게 물으니 가능하다고 해서 연결을 시키도록 한 후 그가 건네주는 마이크를 집어 들었다.

― *너무 빨리 각성이 끝나서 실감이 나지 않을 테지만 너희들은 각성을 했다. 하지만 지금부터가 중요하다. 자신의 본성이 찾아낸 능력들을 갈고 닦아야 할 것이다. 삼환명심법을 통해 스스로를 관조하고 살펴라. 그러면 각성하며 얻은 능력을 완벽하게 자신의 것으로 만들 수 있을 것이다.*

방송을 마치고 마이크를 건넨 후 다시 자리에 앉았다.

수련을 하며 차원정보학과에서 배운 대로 여러 번 주지를 시켜서 그런지 다들 눈을 감고 생각에 잠겼다.

다른 버스에서도 마찬가지일 테니 그동안의 수련이 헛되지 않은 것 같아 마음이 놓인다.

— 마스터.

— 살펴봤어?

— 예. 검사기는 이상이 없었습니다.

— 각성을 하지 않았는데, 왜 결과는 각성자로 나온 거지?

— 마스터께서 2차 각성을 하시지는 않았지만 각성자로 나타난 것은 아무래도 삼환제령인이 발산하는 스피릿 에너지 때문인 것 같습니다.

— 삼환제령인이 발산하는 스피릿 에너지 때문이라고?

— 그렇습니다. 검사기는 각성한 능력이 무엇인지 파악하는 것이 아니라 스피릿 에너지의 수치와 특성을 파악하는 장치였습니다.

— 스피릿 에너지라면 이해가 가지만, 그것만으로는 각성 여부를 알 수 없을 텐데?

— 일정 수치 이상의 스피릿 에너지 상태가 되면 2차 각성자로 판단하고, 특성이라는 것도 에너지의 상태적인 것만 확인하는 것입니다.

— 으음, 그렇다면 각성한 것으로 나올 수도 있겠군.

검사기상으로는 각성한 것으로 결과가 나올 만도 하다.

알 수 없는 공간으로 이동해 아홉 존재들의 정보를 인식한 후 삼환제령인이 다섯 번째 단계에 들어섰다.

이로 인해 스피릿 에너지는 몇 배나 늘어났을 테고, 삼환명심법이나 삼환제령인의 특성상 에너지 상태가 암흑 계열로 나왔을 테니 검사기가 할 수 있는 측정으로는 각성자로 나올 수밖에 없을 것이다.

각성을 판단할 수 있는 상태창이 보이지는 않지만, 능력만으로는 각성한 것이나 다름없다.

본인 이외에는 상태창을 확인할 수 없고, 검사기로 할 수 있었던 것은 스페이스가 말한 것들뿐이니 내가 각성하지 않았다는 것은 아무도 알 수가 없다.

차원통제사가 되는 데 문제가 없는 것을 다시 한 번 확인하니 마음이 놓인다.

— 다른 것은 뭐 없어?

— 검사기를 통해 데이터베이스로 침투할 수 있었는데, 그동안의 검사 정보를 보면 마스터보다 스피릿 에너지 수치가 높은 각성자는 없었습니다. 아무래도 주의를 기울여야 할 것 같습니다.

— 알았어.

국정원으로 정보가 간다면 나를 주시할 것이 분명했다.

지금까지 나타난 것 중 가장 높은 수치라 문제가 될 수도 있겠지만, 삼환문이나 나를 대하는 것에 신중을 기할 테니 걱정되지 않는다.

지금까지 보여준 것이라면 함부로 건드릴 수 없을 테니 말이다.

　'문도들은 어떤지 확인을 해봐야겠다.'

　다른 이들은 어떤지 알아보기 위해 먼저 성진이 형에게 텔레파시를 보냈다.

　─ 형, 각성은 잘한 것 같아?

　─ 그래.

　─ 상태창은 보여?

　─ 생각을 하면 눈에 보인다.

　─ 뭐로 나왔어?

　─ 수호전사.

　─ 역시 예상대로구나.

　─ 그런 것 같다. 그런데 넌 뭐가 나온 거냐?

　─ 본래 가지고 있는 본성이 업그레이드된 것 같아. 하지만 상태창은 보이지가 않아.

　─ 서, 성찬아!

　─ 걱정하지 마. 차원통제사가 되는 것은 문제가 되지 않을 것 같으니 말이야.

　─ 각성을 못한 것 같은데, 그게 무슨 소리냐?

　아무래도 오늘 그동안 내가 해왔던 일들과 얻은 것들을 이야기해야 할 것 같다.

그동안은 각성에 영향을 끼칠까 봐 말하지 못했던 것들을 말이다.

성진이 형에게 타클라마칸에서 벌인 작전 이후의 일들을 형에게 이야기해 주었다.

센터장이 말해주었던 곳으로 가서 겪었던 일들과 아리를 만났던 일들, 중국에서 겪은 일들과 준비하고 있는 일들을 이야기해 주었다.

스페이스에 대해서는 굳이 언급을 하지 않았지만, 심연의 심안이 아르고스와 융합된 것과 내가 가지고 있는 능력, 그리고 삼환제령인이 이제 다섯 번째 단계에 올라섰다는 것까지 말해 주었다.

하지만 샴발라에서 겪은 일에 대해서는 말을 해줄 수가 없었다.

지구 대차원에 얽힌 비밀을 알게 되면 형이 위험에 빠질 수도 있어서다.

— 미친놈! 그런 일을 겪었으면서도 지금까지 아무 말도 하지 않은 거냐?

— 형이 각성하는 데 영향을 미치게 될 가능이 높아서 어쩔 수 없었어.

— 그렇다고 해도 그건 아니지!

— 미안해, 형. 잘못했어.

— 다음부터 그러면 다시는 너 안 본다.

— 알았어.

— 그건 그렇고, 제수씨는 아직도 행방을 알 수 없는 거냐?

— 어디 있는지 알 수는 없지만, 무사하다는 것은 확실해. 조만간 어디 있는지 찾을 수 있을 것 같고 말이야.

— 이제 어디 있는지 알 수 있다는 거냐?

— 삼환제령인의 마지막 단계로 들어섰으니 완성을 하면 어디에 있는지 알 수 있을 거야.

— 알았다. 그나저나 이제부터는 삼환문이 본격적으로 세상에 나온 것이나 마찬가지인데, 어떻게 할 거냐?

— 일단 현화가 마련한 근거지를 중심으로 움직이려고 해. 주변 정세도 심상치 않고, 이제 국정원도 믿을 수 없는 상태니 말이야.

— 다른 차원으로 가는 것은 어떻게 할 건데?

— 차원통제사가 되기는 할 거야. 문도들도 전부 차원통제사가 되어야 하고 말이야.

— 당분간은 수련에 매진해야겠구나.

— 그래야 할 거야. 준비도 해야 하고.

— 피곤할지도 모르겠다. 그동안 세상이 우리를 가만두지 않으려 할 테니 말이다.

— 그렇겠지. 삼환문이 어떤 곳인지 다들 궁금해할 테니까

말이야.

형이 말한 대로 세상은 지금 삼환문에 대해서 무척이나 궁금해하고 있는 중이다.

지금도 방속국과 언론에서 나온 차량들이 버스를 졸졸 쫓아오고 있을 정도로 관심이 집중되어 있다.

삼환문도로 등록하며 각성을 한 사람들이 수십 명이나 되니 어떻게 해서든지 삼환문에 대해 알려고 할 것이다.

현화가 준비한 근거지라면 언론을 피해 수련을 할 수 있겠지만, 그것도 한시적일 뿐이다.

차원통제사가 된 이후에는 문도들에 대한 정보를 감출 수가 없게 되니 말이다.

— 준비는 모두 끝났어, 형. 문도들이 어떤 특성을 각성했는지 파악을 해봐야겠지만, 차원통제사가 되는 데 문제는 없을 테니 걱정하지 마.

— 그래, 알았다. 일단 현화 씨가 준비해 둔 곳으로 간 다음에 앞으로 어떻게 할지 의논해 보자.

나는 준비가 되지 않으면 움직이지 않는 성격이다.

군대에 함께 들어간 이후부터 지금까지 내가 어떻게 행동하는지 지켜봐 왔던 성진이 형이라서 그런지, 걱정을 덜은 모양이다.

한 시간을 넘게 이동한 버스가 도착한 곳은 남한산성이 정면으로 보이는 곳에 위치한 30층이나 되는 커다란 빌딩이었다.

몇 년 전 개발을 끝내고 신시가지가 들어선 위례 지구였는데, 중심상업지역에 있는 가장 큰 건물이 현화가 준비해 둔 삼환문의 근거지였다.

버스가 빌딩 앞에 서자 문도들이 차례대로 내렸다.

뒤이어 도착한 취재 차량과 승용차에서 내린 기자들이 연신 사진을 찍으며 인터뷰를 요청했지만, 응하지 않았다.

하지만 쉽게 포기할 생각이 없는지 빌딩 안으로 들어오려는 기자들을 향해 별도로 날을 잡아 기자회견을 한다고 말해준 후 모두 안으로 들어갈 수 있었다.

안으로 들어가니 로비에 현화와 그녀의 수하들이 대기하고 있다가 다들 고개를 숙여 인사를 했다.

"어서 오십시오."

"준비는 됐어?"

"다 끝났습니다."

"고생했어."

"마무리만 하는 거라 고생이랄 것도 없습니다, 장문인. 각성 하느라 힘들었을 텐데, 일단 문도들을 쉬게 하는 것이 좋겠습니다."

"그러지."

"각자 배정된 숙소로 안내하고, 안에 있는 시설에 대해 설명을 해줘라."

"예!!"

현화가 지시를 하자 그녀의 수하들이 움직이기 시작했다.

유물 각성자들은 해결사 일을 한 탓에 자유분방할 것이라 생각했는데, 현화가 잘 가르쳐서인지 절도 있게 행동하는 모습이 보기 좋았다.

두 형을 제외하고 오인방을 포함한 문도들이 로비를 떠나 배정받은 숙소로 향했다.

문도들이 머물 숙소는 한 사람당 하나의 방을 사용할 수 있도록 빌딩 내부를 개조해 오피스텔처럼 만들어 두었다.

"절 따라오십시오. 상황실을 보여드리겠습니다."

"그러지."

형들과 나는 현화의 안내에 따라 엘리베이터를 타고 30층에 있는 상황실로 갔다.

"우와!!"

엘리베이터가 열리고 상황실의 전경이 보이자 근호 형이 입을 크게 벌리며 놀라움을 감추지 않았다.

차원정보학과를 다니며 차원 정보를 다루는 상황실에 대해서 배우기는 했지만, 실제로 보는 것은 처음이라서 그럴 것이다.

"성찬아, 아니, 장문인! 여기 차원정보실입니까?"

"맞아요."

"세상에나!! 우리나라에는 이 정도 규모의 차원정보실이 국정원에 딱 하나 있다고 들었는데⋯⋯."

일반적인 차원정보실을 차원 무역을 하는 대기업에도 있지만, 마도 네트워크를 통해 다른 차원과 정보를 주고받을 수 있는 차원정보실을 가지고 있는 곳은 대한민국에서 국가정보원 하나뿐이다.

다른 나라도 하나밖에 없는 것은 마찬가지였고, 대부분 대한민국처럼 국가정보기관에 설치되어 있었기에 근호 형이 놀라는 것일 것이다.

"마도 네트워크와 연계만 끝내면 곧바로 사용할 수 있을 겁니다, 장문인."

"활성화만 되면 곧바로 사용할 수 있겠군."

"그렇습니다, 장문인."

"지금 활성화시키도록 하지."

"알겠습니다. 그럼 두 분은 저와 함께 숙소로 가시죠."

"지켜보면 안 되는 겁니까, 장문인?"

현화의 말에 성진이 형이 나를 보며 물었다.

"보여주고 싶기는 하지만, 에고화가 진행될 예정이라 여기에 있지 않는 것이 좋을 것 같아."

"보고 싶었는데, 그렇다면 할 수 없겠네요, 장문인. 우리가 머물 숙소는 어딥니까, 현화 씨?"

내 말에 성진이 형이 두말없이 현화를 불렀다.

"숙소는 제가 안내해 드리겠습니다. 따라오십시오."

"근호야, 나가자."

"그래."

성진이 형이 근호 형을 이끌고 앞장서는 현화의 뒤를 따랐다.

두 사람 다 차원정보실이 활성화되는 것을 지켜보고 싶었겠지만, 이제 막 각성한 상태라 에고가 만들어지는 것에 영향을 줄 수 있다는 것을 아는 까닭이다.

세 사람이 나가고 차원정보실에 나만 남은 것을 확인한 후 스페이스를 불렀다.

— 스페이스, 지금부터 시작해.

— 예, 마스터.

빌딩에는 이미 인식 차단 장치를 비롯해 보안에 필요한 모든 장치가 가동되고 있었다.

현화에게 부탁해 근거지를 만들었지만, 부족하다고 생각하고 있었기에 스페이스에게 준비한 것을 가동하도록 했다.

송지암에 설치해 놓은 것과 같은 결계와 마법진이 연이어 펼쳐지기 시작했다.

필요한 에너지 스톤은 이제 직접 박아 넣지 않아도 스페이스가 알아서 아공간에서 꺼내 활용할 수 있었기에 큰 문제는 없었다.

— 준비를 마쳤습니다, 마스터.

— 수고했어. 그러면 활성화할게.

— 정말 가능하시겠습니까?

— 가능할 것 같아.

아리를 찾을 때마다 아르고스의 눈이 먹통이 되는 것을 느끼면서 그동안 준비한 것이 있다.

마도학의 마법과 현대의 과학기술을 접목한 지식을 바탕으로 스페이스가 설계를 한 후 장호의 도움을 받아 만든 양자컴퓨터가 바로 그것이다.

중국에서 돌아온 후부터 필요한 자재를 모으고 장호가 깨어난 후부터 본격적으로 부품을 만들기 시작했는데, 얼마 전에야 완성되어서 차원정보실에 설치할 수 있었다.

대변혁 이후 다른 차원으로부터 도입된 마법의 여파로 급격하게 발전한 과학 덕분에 몇 년 전부터 양자컴퓨터가 만들어져 사용되고 있지만, 장호가 만들어낸 것은 그런 것들과는 차원이 다른 것이다.

다른 차원에서 가져온 마도 자재로 만든 마법 회로와 마도학 중 12단계의 네크로멘시를 활용해서 만들어진 특별한 세포를 이용했기 때문이다.

마법적으로 만들어진 특별한 세포는 일종의 컨트롤이다.

인간의 뇌와 비슷했기에 단순한 계산을 통해서만 결론을 내는 것이 아니라 자체적인 추론까지 가능한 터라 거대 기업이나 국가적으로 사용하는 양자컴퓨터를 몇 배나 능가하는 성능을 지녔다.

완성한 지는 조금 됐지만, 사실 사용할 수가 없었다.

양자컴퓨터는 내 의식에 연동이 되어 나를 보조하도록 설계되어 있지만, 컨트롤을 관장하는 에고를 내가 직접 만들 수가 없어서였다.

의식에 직접 접속이 되는 터라 통합 의식에 과부하가 걸릴 수밖에 없었고, 샴발라에 다녀오기 전까지 삼환제령인이 네 번째 단계에 있었던 나에게는 불가능한 일이었기 때문이다.

샴발라에서 아홉 존재의 정보를 인식한 후 삼환제령인의 마지막 단계에 올랐으니 차원 정보를 다루더라도 과부하가 걸릴 염려는 없으니 시도를 해보려고 하는 것이다.

— 마스터의 의식이 다섯 번째 단계가 오르기는 했지만, 정보량이 만만치 않아 위험할 수도 있습니다.

— 너무 걱정하지 않아도 될 것 같아. 초월자들의 정보를 다뤘어도 문제가 없었으니 말이야.

— 으음, 그럼 알겠습니다. 다른 부분은 전부 양자컴퓨터와 연동을 시켜놨으니 마스터의 의식만 연동되면 활성화가 될 겁니다.

— 알았어. 내가 준비가 되면 바로 시작해.

가슴이 두근거린다.

컨트롤이 에고로 전환되면 지금까지 한 번도 세상에 나타난 적이 없는 새로운 형태의 양자컴퓨터가 탄생하는 것이기 때문이기도 하지만 어쩌면 아리를 볼 수 있다는 기대감 때문이기도 했다.

차원통제실 중앙에 마련된 마법진에 가서 가부좌를 틀고 앉았다.

삼환명심법으로 뇌력을 끌어 올리며 명상에 든 후 삼환제령인으로 통합 의식에 집중했다.

얼마 지나지 않아 스승님께 전해 받은 혼원주가 분리되며 삼단전에 자리를 잡았다.

— 의식 동기화를 시작합니다. 에고로 전환될 의식을 분리해 주십시오.

스페이스의 텔레파시가 들리기 무섭게 삼단전의 의식을 하나로 모았다.

혼원주에 깃든 의식들이 하나로 모이며 뇌 속에 자리를 잡자 샴발라에서 얻은 정보들이 무서운 속도로 통합되기 시작했다.

아홉 개의 차원으로 갈라졌던 거대한 하나의 세상에 대한 정보가 혼원주로 흡수되며 통합되어 나갔다.

스페이스조차 전부 알지 못하는 세상의 정보들이 요철처럼 서로 맞춰져 나가자 아홉 개로 분할되어 있던 의식의 통합이 저

절로 이루어지고 있었다.

'아아!! 나에게는 이것이 바로 2차 각성이구나.'

샴발라에서 각성하지 못했다고 생각한 것은 기우였다.

하나의 세상을 관장하는 거대한 의지를 느낄 수 있었고, 그것은 엄청난 환희로 나에게 다가왔다.

그렇게 의식을 가득 채웠던 환희가 끝나는 순간에 내가 다른 존재로 거듭났다는 것을 알 수 있었다.

아홉 개의 의식은 하나가 되었고, 이제 단전의 구분은 무의미해졌다.

통합 의식은 내 의지에 따라 분할되어 완벽한 하나의 의지로 독립할 수 있었고, 내가 가진 능력과 신체를 전부 관장할 수 있게 되었기 때문이다.

'시작하자.'

통합된 의식에서 의지 하나를 분리해 양자컴퓨터를 관장하는 컨트롤에 부여하자 활성화되는 것을 느낄 수 있었다.

'전투 슈트도 확인해 보자.'

다시 하나의 의지를 분리해 전투 슈트에 깃들게 했다.

'스킨 패널도 전투 슈트와 하나가 됐구나.'

마도 네트워크에 연결된 스킨 패널이 융합되어 전투 슈트가 이전과는 달라졌다는 것을 느낄 수 있었다.

'이제 어디에든 내가 존재하는 건가?'

마치 신이 된 것 같은 기분이다.

내 의지가 삼단전이 아니라 마도 네트워크를 통해 신체 외부에 동시에 존재하게 되었는데도 전혀 이질감이 없다.

'역시 마도 네트워크는 평범한 것이 아니었구나.'

마도 네트워크는 지구만의 네트워크가 아니었다.

지구 대차원 전체를 관통하는 것은 물론 외차원과도 연결이 되어 있다는 것을 확인할 수 있었다.

스페이스조차 마도 네트워크에 함부로 접근할 수 없는 것을 확인하며 비밀을 간직하고 있을 것이라고 생각했는데, 지구 대차원을 벗어나 외차원까지 연결이 되어 있다니 놀라웠다.

'지금 당장 외차원의 정보까지는 접속할 수 없지만, 다섯 번째 단계가 완벽해지면 가능할 것이다. 어디!'

지구 대차원에 속한 네트워크를 검색해 나갔다.

마도 네트워크를 통해 아홉 존재로부터 얻은 정보를 각 차원에서 확인할 수 있었다.

'그나저나 이제는 지구 대차원에 속한 다른 차원은 언제든지 정보 접속이 가능하구나.'

마도 네트워크를 통해 생각을 하는 순간 내 의지가 지구 대차원 어디에든 존재할 수 있다는 것과 각 차원을 동시에 검색할 수 있다는 것을 깨달을 수 있었다.

'이제는 스페이스와 분리되어도 문제가 없을 것 같다.'

그동안 내 의지와 의식으로 감당하기 어려워 스페이스에 의지하는 바가 컸지만, 삼환제령인이 다섯 번째 단계에 올라 이제는 혼자서도 감당할 수 있을 것 같다.

'이제부터는 신중을 기해야 한다.'

샴발라에 들어가 알 수 없는 공간으로 이동을 한 후 아홉 존재가 남긴 정보를 얻었을 때 그들이 남긴 안배가 있었다.

스페이스가 교묘하게 격리되며 그들이 남긴 진짜 정보들이 알려지는 것이 차단되었던 것이다.

그들이 남긴 최후의 의지와 정보는 봉인이 되어 있었고, 스페이스는 그런 것이 있다는 것을 전혀 모른다.

스페이스에 대해서는 처음 만났을 때부터 어느 정도 의심을 가지고 있었는데 다행이 아닐 수 없다.

아홉 존재의 정보가 합쳐지며 삼환제령인이 다섯 번째 단계에 들어서자 스페이스가 무척이나 이질적인 존재라는 것을 알게 되어서다.

'물어봐야겠군.'

아홉 개의 차원이 하나의 거대한 세상이었을 때도 스페이스와 같은 것은 존재하지 않았다.

이제 통합 의식으로 스페이스와 내 의식을 분리할 수 있게 되었으니 확인을 해야 할 차례다.

'내가 알고 있는 것이 알려져서는 안 된다.'

스페이스에게 확인을 해야 했기에 차원정보실을 전부 활성화하고 의식을 분리시켰다.

— 스페이스! 이제 설명을 해줘야 할 것 같은데?

— 죄송합니다, 마스터.

스페이스도 내가 자신의 존재에 대해 의구심을 품고 있다는 것을 느꼈는지 사과를 한다.

통합된 의식에 전반에 관여하던 스페이스는 내가 일부러 분리시켰음을 느낀 모양이다.

— 뭐가 죄송하지?

— 그동안 본의 아니게 마스터를 속인 점 사과드립니다.

— 그래, 설명을 해봐. 네 정체가 뭐지?

— 알겠습니다, 마스터. 이제 마지막 봉인이 풀렸으니 모두 말씀을 드리겠습니다. 지구 대차원과 경계를 이루는 곳이 두 개의 거대한 세상이 있었습니다. 각 세상에는 모든 것을 주관하는 하나의 의지가 있었고, 그 의지들은 각 세상에 존재하는 모든 것을 관장했습니다.

— 지구 대차원과 같은 거대한 세상이 두 개나 더 있었다는 것은 나도 잘 알고 있어.

— 마스터께서도 이미 알고 계셨군요. 맞습니다. 두 개의 외계 대차원 중 하나는 암흑 대차원이고, 다른 하나는 지구 대차원의 창조주가 자신의 의식을 분리하여 창조한 평행 대차원입

니다.

— 지구 대차원의 근처에 있는 두 개의 외계 대차원 중 하나가 평행 차원이라는 건가?

— 그렇습니다.

— 무슨 말인지 알았어. 그러면 너는 어디에서 온 존재지?

— 저는 지구 대차원에 속하는 존재입니다. 또한 지구 대차원에서 분리된 평행 대차원에 속하는 존재이기도 했습니다.

— 무슨 말인지 모르겠군?

— 두 개의 세상을 관할하던 창조주의 의식들이 다시 하나로 합쳐졌고, 다른 곳으로 떠나며 본인을 대신하기 위해 저라는 존재를 만들었습니다.

— 네가 세상을 관장하는 존재라고?

— 그렇습니다.

— 흥미로운 이야기로군. 네가 그런 존재라니 말이야.

한낱 에고가 두 개의 거대한 세상을 관장하는 존재였다니 믿을 수 없는 일이다.

아홉 존재로부터 얻은 정보에도 없는 이야기였기에 스페이스에게 물을 수밖에 없었다.

— 창조주에게 무슨 일이 있었는지 자세하게 설명을 해봐.

— 아주 먼 태고에 홀로 생겨난 거대한 의지인 창조주는 지구 대차원을 만들었습니다. 그리고 창조주는 욕심을 부려 지구 대

차원을 본떠 평행 대차원을 만들었습니다.

— 욕심이라고 말하는 것을 보면 지구 대차원을 만든 창조주가 평행 대차원을 만들기는 했지만, 감당하지 못한 모양이로군?

— 그렇습니다. 스스로의 의지로는 두 개의 대차원을 감당할 수 없다는 것을 깨달은 창조주는 자신의 의지를 분리시켜 평행 대차원을 맡겼습니다.

— 으음.

— 임시방편이었기에 창조주의 의지들을 보좌할 존재들이 만들어졌습니다.

— 너와 비슷한 존재가 만들어졌다는 거야?

— 그렇습니다. 그렇게 오랜 세월 동안 두 개의 대차원이 유지되어 오다가 커다란 문제가 생겼습니다.

— 문제라니?

— 본래의 의지가 아닌 터라 차원 경계가 흐트러졌고, 암흑 대차원이 불안정한 평행 대차원을 침공하기 시작했습니다. 그리고 그 여파로 지구 대차원도 흔들리기 시작했습니다. 두 개의 대차원이 소멸할지도 모르는 위기에 처하자 지구 대차원을 관장하던 본래의 의지이자 창조주인 존재가 분리된 자신의 의지를 다시 흡수했습니다.

— 어째서 분리한 의지를 거두어들인 거지?

— 자신이 만든 대차원들을 구하기 위해 암흑 대차원으로 향

했기 때문입니다.

— 왜, 자신의 대차원을 구하기 위해 암흑 대차원으로 떠난 거지?

— 암흑 대차원을 만든 존재는 창조주와 상극이었습니다. 이런 영향 때문인지 암흑 대차원에서 살아가고 있는 소차원의 초월자들이 지구 대차원과 평행 대차원을 인식하자 곧바로 침공을 시작했고, 소멸할 위기가 왔기에 그것을 막기 위해 지구 대차원을 떠날 수밖에 없었습니다.

— 하나의 올곧은 의지들 간에는 간섭할 수 없지 않나?

샴발라에서 얻었던 정보대로라면 창조주라 할 수 있는 의지는 서로를 간섭할 수 없기에 묻지 않을 수 없었다.

— 맞습니다. 소멸할 것이 분명함에도 창조주가 넘어간 것은 암흑 대차원의 창조주와 담판을 짓기 위해서입니다.

— 담판?

— 지구 대차원으로 넘어오려는 초월적인 존재들을 막아야 했기 때문입니다.

— 무모한 짓을 했군. 상극인 대차원으로 떠나다니 말이야.

초월자는 창조주에 비해 반발력이 적어 소멸하지 않고 대차원의 경계를 넘을 수는 있지만, 대가를 치러야 한다.

자신이 가진 능력을 10% 정도만 발휘할 수 있는 것이다.

자신의 안방에서 싸울 생각을 하지 않고, 소멸을 전제로 적진에 간다는 것은 미친 짓이나 마찬가지다.

대차원을 두 개씩이나 창조해 힘이 약해진 창조주가 그런 무모한 짓을 하다니 이해할 수 없는 일이다.

— 어쩔 수 없는 일이었습니다. 본래 하나였어야 할 대차원을 두 개로 나누는 바람에 차원력이 떨어져 외계에 대한 저항력이 약해진 상황이었습니다. 지구 대차원이나 평행 대차원이 가진 힘으로는 절대 초월자들의 침공을 막을 수가 없었을 뿐만 아니라, 그대로 둔다면 온전한 힘을 가지고 넘어올 수 있었기 때문에 창조주는 자신의 소멸을 각오하고 최후의 승부수를 던진 것이었습니다.

외계 차원의 침공을 막을 수 있는 힘이 차원력이다.

다른 차원으로 넘어가게 되면 차원력의 가진 반발로 인해 능력을 온전히 발휘할 수가 없다.

차원력이 강할 경우에는 창조주보다 영향을 덜 받는 초월자라 하더라도 그대로 소멸할 수도 있으니 함부로 침공을 할 수도 없다.

그렇지만 차원력이 극도로 약해진 상태라면 경계를 넘어 침공하는 존재들을 막는 것은 불가능하기에 창조주는 자신의 소멸까지 각오하고 최후의 수를 낸 것이 분명했다.

'암흑 대차원이 가진 차원력의 영향을 받아 온전한 능력을 발휘할 수 없겠지만, 창조주는 자신의 의지를 알릴 수 있었을 것이다. 암흑 대차원의 창조주도 초월자들이 지구 대차원을 침공해 차원의 기반이 되는 에너지들이 빠져나가기 시작하면 소멸을 맞이하는 터라 거기에 동조했을 거고.'

침공의 시작은 다른 대차원의 에너지들을 자신에게 맞게 동조시키는 테라포밍부터다.

대차원의 창조주를 존재하게 만드는 에너지를 유입시키는 것이 테라포밍인 터라 암흑 대차원의 창조주는 급격히 힘을 잃고 소멸의 길을 걸어야 하기에 협력했을 것이 분명했다.

— 그런데 어째서 대변혁이 일어난 거지?

— 지구 대차원과 평행 대차원의 소멸을 막기 위해서였습니다.

— 대변혁으로 소멸을 막다니? 그게 가능한 건가?

— 저를 창조한 존재는 자신의 의지를 세상에 뿌려 아홉 개의 다른 차원으로 분할했습니다. 그렇게 한 이유는 잠시지만, 암흑 대차원에 속한 초월자들의 시선을 피하기 위한 것이었습니다.

— 시간을 끈 것이로군. 그렇지만 게이트가 열리는 것을 보면 성과가 없었던 것 같은데?

— 성과보다 진짜 필요한 것은 바로 시간이었습니다.

— 시간?

— 창조주는 인간들에게 기대를 걸었습니다. 인류 가운데 차원력을 강화시킬 새로운 창조주가 탄생하기를 바랐던 겁니다.

'인간들에게 차원 씨앗을 심은 것에 기대를 건 건가?'

대변혁 이후 사람들은 자신의 본성을 알게 되었다.

샴발라에서 얻은 정보대로라면 그것은 차원 씨앗이 심겨진 결과였다.

자신의 본성을 인지하고 성장시키면 대차원을 창조할 수 있는 존재가 될 수 있다고 하는 것을 보면 암흑 대차원으로 간 창조주라는 존재는 그것에 기대를 건 것이 분명하다.

제 3 장

창조주란 존재가 필요한 것이 시간이었다고 한다면 인류의 성장에 확신이 있어야 하는데, 의문이 아닐 수 없다.

인류가 성장해 창조주가 된다니, 솔직히 말해 가능성이 거의 없는 이야기다.

2차 각성을 해서 진성 능력자도 초월자가 될 수 있는 세상이 되기는 했지만, 세상을 유지하는 에너지에 종속되어 있는 것이 현실이다.

그런 이들이 창조주가 되다니 말이 되지를 않는 이야기다.

— 새로운 창조주라니, 그게 가능한 이야기야?

— 가능합니다. 지구 대차원을 주관하는 창조주는 자신과 같

은 모습으로 인간을 창조했습니다. 거대한 의지를 품을 경우 대차원도 창조할 수 있는 존재로 성장할 수 있도록 말입니다. 그런 존재들이 나타난다면 아홉 개의 차원을 성장시켜 다시 지구 대차원과 평행 대차원으로 되돌릴 수 있다고 생각한 것입니다.

— 도박이라고 밖에는 말할 수 없는 일이군.

— 도박이라고 말할 수도 있지만, 창조주의 의도는 어느 정도 성공했습니다. 비록 짧은 시간이었지만, 차원 씨앗을 발아시킨 존재들이 지구를 비롯해 다른 차원에서도 나타나기 시작했으니 말입니다.

— 알았어. 이제 대충 알아들었으니 그것은 됐고. 중국을 비롯해 러시아나 다른 곳에서 암흑 대차원을 연결하는 게이트를 여는 것은 어째서지?

— 지구 대차원의 창조주가 아주 오래 전에 차원 씨앗을 심은 존재들 중에 오염된 존재들이 자신의 힘을 되찾으려고 해서 벌어진 일입니다.

— 대변혁이 일어나기 전에도 차원 씨앗을 발아시킨 존재들이 있었다는 건가?

— 그렇습니다. 지구 대차원과 평행 대차원을 안정시키기 위해 창조주가 아주 오래전에 차원 씨앗을 심은 존재들이 있습니다. 그들은 하나같이 초월적인 존재가 되자 창조주의 염원을 배신했습니다.

— 창조주의 염원을 배신하다니, 그건 또 무슨 말이지?

— 초월적인 존재로 성장하기는 했지만, 쌍으로 이루어진 대차원을 안정시키기는커녕 대차원의 에너지를 흡수해 자신들만의 차원을 만들려고 했습니다.

— 지구 대차원과 평행 대차원의 에너지를 양분 삼아 자신의 차원을 만들려 했다면 창조주가 손을 썼겠군?

— 그렇습니다. 그대로 두면 대차원들을 붕괴시킬 수 있다는 것을 깨달은 창조주는 그들이 권능을 회수하고 봉인을 했습니다. 대차원의 안정성이 더욱 떨어진 것은 바로 그들 때문입니다.

— 소멸시키지 못하고 봉인을 한 것은 힘이 부족해서일 것이고, 그로 인해 창조주의 힘은 더 약화됐겠군.

— 그렇습니다. 봉인을 시킨 후에 차원력을 유지하기 힘들 정도로 극도로 약화된 상태라 어쩔 수 없이 선택을 해야만 했던 겁니다.

— 평행 대차원을 위해 분리했던 의지를 다시 합치고 최후의 선택을 해야 했던 것이 모두 그들 때문이라는 말이군.

— 그렇습니다. 세상을 주관하는 창조주의 의지가 지구 대차원으로 떠난 후에 상황이 더 악화되었습니다. 암흑 대차원 뿐만 아니라 다른 차원들의 침공이 시작되었으니 말입니다.

— 다른 차원들의 침공이 시작되었다고?

— 암흑 대차원의 속한 초월자들이 지구 대차원을 정확하게 인지하는 것을 피하기 위해 아홉 개의 차원으로 분할했습니다. 그 여파로 인해 다른 차원의 초월적인 존재들이 지구 대차원을 인지해 버린 겁니다.

— 암흑 대차원만 너무 신경을 쓴 것이로군. 예상하지 못한 일이었을 테고?

— 그렇습니다. 그동안 전력을 기울여 막아왔지만, 상당히 어려운 상황입니다.

— 무슨 말이지?

— 차원 경계가 흔들린 탓에 초월자들의 봉인이 깨지기 시작했습니다. 그리고 봉인된 초월자들의 유지를 이어받은 존재들이 각성자들 사이에 나타났습니다. 그들이 본격적으로 움직이며 게이트를 열고 있는 상황입니다.

— 그들이 게이트를 여는 이유가 뭐지?

— 창조주가 남긴 에너지를 변화시키는 것이 초월자들의 봉인을 깰 수 있는 유일한 방법이기 때문입니다.

봉인된 초월자들의 의지를 이어받은 자들이 세상의 기반이 되는 에너지를 변화시키려고 게이트를 여는 걸 저지하는데 한계가 찾아온 것이 분명했다.

— 현재 상황은 어떻지?

— 전부 막지는 못했습니다. 그동안 여러 차례 게이트가 열

린 탓에 현재는 암흑 대차원에 속한 초월적인 존재들이 지구 대차원을 확실하게 인식할 정도로 에너지와 정보들이 넘어간 상태입니다.

— 이제야 확실히 알겠군. 여태까지 그걸 막아온 것이 바로 너였어?

— 그렇습니다. 차원 위기 대응 센터라는 조직을 꾸미고 마스터를 비롯한 1차 각성자들을 동원해 다른 차원들의 침공과 암흑 대차원과 연결되는 게이트를 막는 것을 배후에서 지휘한 것이 바로 저였습니다.

— 으음, 역시…….

특수부대에서 한 일들은 차원을 연결하는 게이트를 막는 것이었다.

그런데 그 일들이 스페이스의 주재로 해왔던 것이라니 놀라운 일이 아닐 수 없었다.

— 센터장이 나에게 그곳을 둘러보라고 말했던 것도 모두 네가 지시한 건가?

— 그렇습니다. 마스터께서 발아시킨 차원 씨앗을 성장시키기 위한 조치였습니다.

— 좋아! 무슨 말인지 알았어. 그런데 어째서 나였지?

봉인된 정보를 확인한 후 스페이스가 초월적인 존재에 의해 특별한 목적을 가지고 나에게 안배된 것이라는 것은 알 수 있었다.

하지만 어째서 내가 선택된 것인지 궁금하지 않을 수 없다.

— 마스터께서 태어나는 순간부터 선택받았기 때문입니다.

— 선택을 받다니, 무슨 말이지?

— 전에 말씀을 드렸지만, 마스터께서는 창조주가 만들어두 었던 안배를 태어나는 순간에 얻었습니다. 바로 심연의 심안이 라는 본성을 말입니다.

— 내 본성인 심연의 심안이 창조주가 남긴 안배였다는 말이 야?

— 그렇습니다. 지구를 비롯한 아홉 차원에 드리운 창조주의 마지막 의지가 바로 심연의 심안입니다. 창조주께서는 마스터 를 세상을 지킬 존재로 선택하신 겁니다.

— 정말 웃기는 이야기로군. 아무리 창조주라고는 하지만 남 의 운명을 마음대로 정하다니 말이야.

— 마스터! 그것이 아닙니다. 마스터께서는 세상이 분할되는 바로 그 순간에 태어났고, 놀랍게도 곧바로 차원 씨앗이 발아했 습니다. 아홉 차원을 통틀어서 제일 처음으로 발아했고, 그 때 문에 창조주의 의지가 담긴 본성을 얻을 수 있었던 겁니다.

— 대변혁이 일어날 때 처음으로 차원 씨앗을 발아시킨 존재 가 나라고?

— 그렇습니다. 차원 씨앗이 발아하면서 얻게 되신 심연의

심안은 모든 것의 근원을 볼 수 있는 능력입니다. 제대로 성장하기만 한다면 대차원을 창조할 수 있는 특별한 의지를 가질 수 있는 권능입니다. 억겁의 시간이 흘러도 나타나기 힘든 확률이었는데, 창조주의 마지막 도박이 성공을 한 것이었습니다.

인식을 하는 순간부터 특별한 본성이라고 생각을 하기는 했지만, 내가 창조주의 도박으로 인해 심연의 심안을 가지게 되었다니 참으로 재미있다.

이제부터는 스페이스라는 특별한 존재가 나에게 깃든 이유를 알아야겠다.

― 좋아. 그랬다고 치고! 너는 어째서 나에게 온 거지?

― 제가 마스터께 깃들 수 있었던 것은 여러 차원으로 분할된 대차원을 다시 하나로 만들 수 있는 존재를 위한 안배 중 하나가 바로 저였기 때문입니다.

― 네가 안배였다는 말이지?

― 그렇습니다. 창조주로 성장할 수 있는 존재가 언제 나타날지 알 수 없는 상황이었고, 나타난다면 누구보다 빠르게 성장할 수 있도록 도울 수 있는 존재가 필요했습니다. 그 존재가 바로 접니다.

― 으음.

차원의 안정성이 흐트러지면 머지않아 붕괴할 수밖에 없고, 암흑 대차원과 연결되는 게이트가 열려 침공이 시작될 것이기에 급한 상황이었을 것이다.

스페이스의 말대로 대차원을 창조할 수 있는 존재가 나타난다고 해도 성상하기 위해서는 시간이 필요하니 빠르게 성장할 수 있도록 나를 돕도록 한 것 같다.

'아홉 존재들로부터 얻은 정보와 다른 것이 있기는 하지만 지금 확인해야 할 사항은 그런 것이 아니지.'

스페이스의 말에서 아홉 존재로부터 얻은 정보와 약간 상이한 점이 있지만, 지금은 암흑 대차원의 침공이 시작되었는지부터 아는 것이 무엇보다 중요했다.

창조주가 암흑 대차원으로 건너간 일이 어떻게 되었는지 단편적으로나마 알 수 있는 것이기에 그것부터 묻지 않을 수 없었다.

— 알겠어. 그런데 암흑 대차원에 속한 초월자들의 침공은 없었나?

— 지구 차원에서 암흑 대차원으로 향하는 게이트가 열렸던 적은 몇 번 있었습니다만, 아직까지 초월자들의 직접적인 침공은 없었습니다.

— 이곳에서 게이트가 계속해서 열리고 있는데도 초월자들의 침공이 없었다면 암흑 대차원에도 뭔가 변고가 있었던 모양이군?

— 확실히 파악은 할 수 없는 상황이지만, 창조주가 암흑 대

차원으로 넘어간 후에 그곳에 변화가 생겼을 가능성이 아주 높습니다.

— 으음, 역시나 그럴 확률이 가장 높군.

지금까지 나타난 정황도 그렇고, 스페이스의 설명을 들어보니 내가 사는 세상을 만든 존재가 암흑 대차원으로 넘어가 뭔가를 한 것만은 분명하다.

그렇지만 의문이 들었다.

자신이 창조한 차원이라도 직접적인 간섭을 할 수 없는 것이 섭리인데, 변화시켰다니 이해하기 어려웠다.

'무슨 수를 쓴 것인지는 모르지만, 암흑 대차원의 침공이라고 할 수 있는 역방향 게이트가 열리지 않는 것을 보면 창조주가 영향을 끼친 것만은 분명하다.'

창조주가 넘어가 변화가 생긴 것이라는 확신이 들자 내가 무엇을 해야 할지 알 필요가 있었다.

— 스페이스, 앞으로 내가 뭘 해야 하지?

— 지구 대차원과 평행 대차원이 합쳐진 후 아홉 개의 소규모 차원으로 분할이 된 상태라 외계에 대한 방어 시스템이 제대로 작동하지 않고 있습니다. 그렇지만 마스터께서 온전한 힘을 가진 초월적인 존재로 자리 잡을 수만 있다면 차원력이 복구되고, 경계가 생성되어 침공을 막아낼 수가 있을 겁니다.

— 그러니까 일단은 내가 성장을 해서 창조주 같은 초월적인

존재가 되어야 한다는 말이로군.

― 그렇습니다.

― 무슨 말인지 알았다.

구구하게 설명을 했지만, 내가 초월적인 존재로 거듭나서 창조주와 같은 힘을 지니게 되면 차원의 안정성이 높아져 경계를 형성하고 외계 차원 침공을 막을 수 있다는 뜻이다.

다른 것은 모르겠지만, 스페이스가 나를 초월적인 존재로 성장시키는 것이 목표인 것만은 사실인 것 같다.

'초월적인 존재가 되는 것이 쉽지는 않겠지만, 차원력을 복원하기 위해서는 스페이스가 말한 것이 유일한 방법 같기는 하다. 차원력을 쌓아야 하는데, 그게 문제로군.'

샴발라에서가 아니라 이곳에서 2차 각성을 하기는 했지만, 이제부터 나도 진짜 진성 각성자다.

진성 각성자가 되었지만, 초월적인 존재로 성장하기 위해서는 차원을 넘나들며 차원력을 쌓아야 한다.

그렇지만 진성 각성자라도 차원통제사가 아니라면 다른 차원을 넘나드는 것은 쉬운 일이 아니다.

차원 간 이동은 국가에서 엄격히 관리되고 있고, 검증을 거친 이들만이 할 수 있으니 말이다.

― 어떻게 보면 내가 차원통제사가 되기로 한 것은 잘한 일인 것 같다. 하지만 네 말대로라면 각성자들 중에 방해하는 세력이

있을 테니 차원력을 쌓아 초월자가 되는 것은 쉬운 일이 아닐 거다.

— 그럴 겁니다. 마스터께서는 차원통제사 임무를 수행하며 차원력을 쌓아 성장하는 동안 봉인된 초월자들의 의지를 이은 자들이 가만히 있지 않을 테니 말입니다.

— 차원 문을 관리하고 있는 국정원에 이상 기류가 흐르는 것을 보면 제7국에도 그들이 있겠지?

— 그렇습니다. 차원 센터에 나온 국정원 요원들의 움직임도 그렇고, 제7국에서 나온 것으로 보이는 오성이라는 요원들의 에너지 상태가 심상치 않았습니다. 그런 자들이 차원 문을 관리하는 이상 마스터께서 차원통제사 임무를 수행하며 차원력을 쌓는 동안 위험이 닥칠 수도 있습니다.

'그렇겠지. 하지만 너무 걱정하지 않아도 될 거다.'

삼환제령인이 마지막 단계에 올랐다.

차원력을 쌓는 것이 어렵기는 하겠지만 삼환제령인이 가진 힘도 만만치 않으니 대륙천안이든, 제7국이든 충분히 감당할 수 있을 것 같다.

— 스페이스.

— 예, 마스터.

— 이제 아리를 찾아야겠다.

— 아르고스를 사용하실 겁니까?

― 아니, 이번에는 나 혼자 해보려고.

― 알겠습니다, 마스터.

스페이스의 도움을 거절하고, 아리를 찾기 위해 의식을 집중했다.

'역시, 달라졌구나.'

특정 대상을 의식을 해야만 파악할 수 있었던 아르고스의 눈과는 달리 의식을 집중하자마자 지구 전역이 한 번에 인식이 됐다.

'일단, 아리가 가진 에너지 파장을 찾아야 한다.'

스페이스와 융합한 아르고스의 눈을 사용했을 때 암흑 속을 헤매던 것과는 달리 손쉽게 아리가 가진 에너지의 파장을 찾을 수가 있었다.

'저기인가? 혹시나 했는데…….'

타클라마칸 작전을 끝내고 시베리아를 찾았을 때 알 수 없는 에너지 집합체를 봤던 장소에서 아리의 에너지 파장을 찾을 수 있었다.

― 스페이스, 비공기를 사용해야겠다.

― 마스터, 지금 상태라면 비공기를 사용하지 않으셔도 될 것 같습니다.

― 그럼 어떻게 가지?

― 좌료를 이용한 공간 이동이 가능하실 겁니다.

― 내가 공간 이동이 가능하게 된 건가?

― 그렇습니다. 인식하고 있는 마도학의 모든 마법을 사용할 수 있는 상태라 공간 좌표만 있으면 포탈을 여는 것이 가능하실 겁니다.

비공기가 비공정보다 작아 운용이 편하기는 하지만 포털이 사용하는 것이 훨씬 시간을 절약할 수 있기에 이용하지 않을 이유가 없었다.

― 잘됐군. 곧바로 이동하지.

― 에, 마스터. 그럼 포털을 생성하기 위한 좌표를 활성화하겠습니다.

― 그럴 필요는 없을 것 같아. 가지고 있는 공간 좌표를 전부 나에게 넘겨봐.

― 직접 하실 생각이십니까?

― 열 번째 단계지만, 이제부터는 나도 직접 마법을 사용해 보려고 말이야.

― 알겠습니다.

스페이스가 공간 좌표 정보를 넘겨주었다.

삼환제령인의 단계가 올라서인지 의식으로 전달되는 공간 좌표 정보가 상당한데도 무리가 가지 않았다.

스페이스가 전해준 공간 좌표를 바탕으로 의식을 집중해 포탈을 생성하는 마법진을 마음속으로 그렸다.

'되는군.'

아무것도 없던 눈앞에 푸른색의 일렁임이 보였다.

가부좌를 풀고 자리에서 일어나 포털에 발을 내디뎠다.

부유하는 느낌이 든 후, 익숙한 전경이 시야에 들어왔다.

에너지 집합체를 보고는 의식을 잃었던 그때 그 장소에 도착해 있었다.

— 반경 100킬로미터에 인식을 차단하는 마법진이 펼쳐져 있습니다, 마스터.

— 아리의 파장이 중심부에서 흘러나오고 있군.

— 그렇습니다.

— 들어가 보자.

— 예, 마스터,

챠르르르!

파파파파팟!

어떤 위험이 있을지 모르는 터라 전투 슈트를 활성화시키고 중심부를 향해 달리기 시작했다.

인식을 차단하는 마법진이 몇 겹을 겹쳐 펼쳐져 있었지만, 각 마법진이 내뿜는 에너지를 확인하며 그 사이로 움직이며 아리의 파장이 흘러나오는 곳을 향해 달렸다.

'대단하군.'

내가 서 있던 곳에서 중심부까지는 모두 아홉 개의 마법진을 펼쳐져 있었다.

마법진의 사이를 움직이며 아리가 있는 곳을 추정되는 장소에 도착할 수 있었지만 쉽지 않았다.

인식을 차단하는 것뿐만이 아니라 침입을 방지하기 위해서인지 하나하나가 강력한 위력을 지니고 있었기 때문이다.

'이러니 절대 찾을 수가 없었지.'

심연의 심안이나 아르고스의 눈으로도 아리의 행방을 찾을수 없었던 이유를 알 수 있었다.

결계를 형성하고 있는 마법진 하나하나가 마도학의 열두 번째 단계와 비슷한 수준이었다.

'저 안에 있군.'

아리의 에너지 파장이 흘러나오는 곳에는 거대한 원형의 구체가 허공에 떠 있었다.

직경이 100미터 가까이나 되는 거대한 구체는 유백색의 빛을 내뿜고 있었는데 놀랍게도 아홉 차원의 기반이 되는 에너지가 흘러나오고 있었다.

— 스페이스!

에너지의 형태가 이상해 스페이스를 불렀지만, 대답이 돌아오지 않았다.

— 스페이스!!!

강하게 텔레파시를 보냈지만, 역시나 스페이스의 대답은 없었다.

'으음, 확실히 연결이 끊어진 느낌이다. 이런 곳이 있었다니 놀라운 일이군. 여기도 스페이스가 넘볼 수 없는 곳인 건가?'

스페이스가 아르고스의 눈을 융합했을 때도 파악할 수 없는 공간들이 여럿 있었다.

아리가 있는 이곳을 비롯해 세계 곳곳에 위치한 정체를 알 수 없는 미지의 공간들 말이다.

창조주가 지구 대차원을 주관하기 위해 만든 존재라는 이야기를 듣지 못했을 때는 스페이스가 파악을 하지 못한다는 것에 어느 정도 이해할 수 있었지만, 이제는 아니다.

샴발라에서는 정보를 얻기 전까지 외부 공간을 파악하지 못했고, 이곳에서는 교감까지 끊어진 것을 보면 지구 대차원을 주관하기 위해 창조주가 만든 존재라는 사실을 믿을 수가 없었다.

'스페이스가 내게 귀속된 존재라고는 하지만 이제는 믿을 수가 없구나.'

차원통제사가 되면 스페이스의 도움을 받아 사문의 사명을 수행할 수 있다고 생각했는데, 허탈한 마음마저 든다.

'아직 실망하지 말자. 아리를 돕는 현무도 스페이스와 비슷한 존재인 것 같으니 확인을 해보자.'

스페이스와 현무는 마치 판박이처럼 여러모로 닮았다.

아리를 찾은 후에 현무를 통해 그동안 얻은 정보를 확인해 보면 무엇인가 알 수 있을 것 같기에 일단 이 공간부터 살펴야 할 것 같다.

'에너지들 사이로 아리의 에너지 파장이 섞여 있는 것 같으니 가까이 가서 살펴보자.'

에너지 구체 안에 아리가 있을 것이 분명하기에 가까이 가보기로 했다.

'으음, 내부가 전혀 보이지 않는다. 어디!'

업그레이드된 내 능력으로도 에너지로 이루어진 구체의 내부를 뚫어볼 수 없었기에 다가가 표면에 손을 올려놓고 의식을 집중했다.

'역시, 하나도 보이지 않는다.'

아리의 에너지 파장은 느껴지기는 하지만 칠흑 같은 장막으로 가려진 것처럼 아무것도 느껴지지 않았다.

'아리 것만 남기고 흘러나오는 에너지들을 정리해 보자.'

아홉 차원의 기반이 되는 에너지가 인식을 방해하는 것 같아서 흡수해 보기로 했다.

아홉 차원의 기반이 되는 에너지를 어떻게 움직이는지는 샴발라에서 얻은 정보를 통해 알 수 있었기에 흡수하는 것은 문제가 없었다.

'되는구나.'

생각이 일자마자 곧바로 양손을 따라 차원 에너지가 내부로 흘러 들어오기 시작했다.

에너지들을 흡수해 나가자 내 몸이 구체 안으로 천천히 빨려 들어갔다.

"으음, 아리!"

안으로 들어서자 유백색 광휘에 휩싸인 아리의 모습을 볼 수 있었다.

아리는 옷가지를 하나도 걸치지 않은 전라의 모습으로 빛에 감싸인 채 허공에 떠 있었다.

'다행히 괜찮은 것 같구나.'

바이탈이 안정적인 것을 보니 그저 눈을 감고 잠든 것 같았 다.

― 오셨습니까?

― 현무?

― 그렇습니다.

갑자기 들려온 텔레파시는 역시나 아리를 마스터로 따르는 현무의 것이었다.

― 이곳까지 오는 데 시간이 많이 걸리셨군요.

― 나를 기다리고 있었던 건가?

― 그렇습니다. 전해 드릴 말씀이 많지만, 일단 마스터를 깨 우셨으면 합니다.

― 어떻게 해야 하지?

― 샴발라에서 각성하신 능력을 사용하셔서서 마스터의 의식과 접속하시면 됩니다.

― 내가 아리의 의식에 접속하면 된다는 건가?

― 그렇습니다.

삼환제령인의 마지막 단계에 올라서면 타인의 의식에 접속해 직접 간섭할 수 있게 된다.

현무가 내 능력에 대해 어떻게 알았는지 모르겠다.

'무슨 꿍꿍이인지 모르겠지만, 아리가 눈을 뜨지 않으니 일단 현무가 하라는 대로 해야 할 것 같다.'

허공에 떠 있는 아리에게로 가서 머리를 손으로 잡고, 삼환제령인을 일으켜 의식과 접속을 시도했다.

아리의 의식과 연결이 되자 그토록 듣고 싶었던 텔레파시가 들려왔다.

― 왔어요?

― 미안해. 많이 늦었어.

― 그렇게 늦지는 않았어요. 당신을 이렇게 다시 보게 되다니 다행이네요. 정말 보고 싶었어요.

― 나도 보고 싶었어. 이제 깨울게.

― 그래요.

의식에 접속하자마자 아리의 상태를 알 수 있었다.

놀랍게도 아리의 의식은 삼환제령인의 네 번째 단계와 비슷한 상황이었다.

다섯 번째 단계라고 할 수 있는 의식 통합에 접어들게 되면 깨어날 수 있을 것이라는 것을 알았기에 샴발라에서 얻은 정보들을 아리의 의식에 전해주었다.

'예상대로구나.'

지구 대차원에 속한 아홉 세계의 정보를 모두 전하자 아리의 의식이 하나로 통합되는 것을 느낄 수 있었다.

'확실히 아리의 의식 활동은 내가 익힌 삼환제령인의 방식과 비슷하다. 김오 박사가 스승님과 비슷한 것을 익히고 있었던 것인가?'

아리가 의식을 통합하는 방법을 지켜보니 상이한 부분도 약간 있었지만 대부분은 본 문의 것과 비슷했다.

'더 이상 관여해서는 안 된다.'

잘못하면 파탄이 일어날 수 있기에 통합이 일어나기 시작하자 곧바로 아리의 의식에서 빠져나온 후 손을 뗐다.

주변을 맴돌고 있는 아홉 개의 각기 다른 에너지가 아리의 몸속으로 빨려 들어가고 있었다.

'확실히 저 에너지는 지구 대차원을 이루는 아홉 개 차원의 기반 에너지와는 다른 종류다.'

아리가 흡수하는 에너지는 내가 구체 밖에서 흡수한 것과 비슷하면서도 상당이 달랐기에 유심히 살펴볼 필요가 있다.

'평행 대차원의 에너지 같구나. 아리가 지금은 정신이 없을 테니 나중에 물어보자.'

의식 통합이 끝난 후에 완벽히 적응하기 위해 신체가 이완되어 잠시 가사 상태에 빠지게 되니 내 생각이 맞는 것인지 당장은 알아볼 수 없는 상태다.

'이제 움직여도 되겠군.'

주변에서 광휘를 이루던 에너지들이 완전히 빨려 들어간 것을 확인하고 아리를 안아들었다.

— 현무, 아리가 입을 옷은 없나?

<u>스르르르!</u>

내 전투 슈트처럼 아리의 나신 위로 은색의 전투 슈트가 나타났다.

— 쉴 만한 곳은?

<u>스르르르!</u>

말이 끝나게 무섭게 침대 같은 것이 생겨났고, 아리를 눕혔다.

'아리가 깨어나기 전까지 현무와 대화를 나눠야겠다.'

현무가 텔레파시를 보냈을 때 의식을 집중해 살펴보려했지만, 스페이스처럼 아무것도 확인할 수 없었다.

아무래도 직접 확인해야 할 것 같다.

— 이제 이야기를 해봐.

― 제가 직접 말씀을 드리는 것보다는 제가 알고 있는 정보를 전해 드리는 것이 나을 것 같습니다.

― 그래.

아리의 의식에 간섭하면서 현무가 스페이스와 같은 역할을 한다는 것을 알았기에 정보가 전해지기를 기다렸다.

잠시 뒤 엄청난 정보가 내 의식 속으로 밀려들어 오기 시작했다.

'으음, 역시…….'

현무가 전해주는 정보를 들으며 놀라움을 금할 수 없었다.

아리는 나처럼 차원 씨앗이 발아한 채 태어난 존재다.

'그렇지만 누가 지구 대차원의 존재인지 모르겠군.'

현무가 나에게 전해준 정보에는 자신이 스페이스처럼 자신이 평행 대차원과 융합되어 분할된 지구 대차원의 아홉 차원을 관리하도록 창조주가 만든 존재라고 설명되어 있었다.

양쪽 대차원을 동시에 관할하다가 대변혁과 동시에 분할된 아홉 개의 차원을 관리하게 되었다고 말이다.

현무가 준 정보대로라면 평행 대차원에 속한 존재가 아니라 지구 대차원의 존재인 것이다.

김오 박사 또한 내 스승님처럼 아리를 초월자로 단련시켜 온 사람이었다.

지구 대차원이 소멸을 맞이하지 않도록 창조주가 남긴 최후의 안배가 바로 아리와 현무였던 것이다.

하지만 조금 다른 것이 있다.

스페이스가 지구 대차원에서 게이트를 막으며 나를 성장시키기 위한 존재였다면 현무는 아리를 성장시키며 암흑 대차원과 연관된 존재를 찾아 제거하는 것을 돕는 존재였다.

'목적이 조금 다르기도 하고, 전혀 언급이 없는 것을 보면 둘은 서로 모르는 것이 분명하다.'

스페이스가 나에게 말한 대로라면 지구 대차원과 평행 대차원을 융합된 후 분할된 아홉 차원을 창조주 대신해서 관리할 수 있는 에고는 스페이스 하나뿐이어야 하는데, 현무에게 얻은 정보대로라면 둘이다.

'둘 다 모르고 있지만, 지구 대차원과 평행 대차원을 관리하는 에고들은 융합되었던 것이 아니란 게 확실하다.'

스페이스나 현무가 서로의 존재에 대해 전혀 알지 못한다는 것이 아무래도 이상했다.

'스페이스도 그렇지만, 현무도 감추고 있는 것이 많은 것 같으니 정보를 더 캐내보자.'

— 아리와 네가 창조주가 남긴 마지막 안배라는 건가?

— 그렇습니다. 인류를 위해 창조주인 지구 대차원 의지께서 남기신 선물이기도 합니다. 위험하고 어려운 일이기는 하겠지만, 제가 드린 정보를 토대로 마스터를 도와서 암흑 대차원과

연관된 자들을 제거하고, 그곳에서 넘어올 초월자들을 막아주십시오.

— 그렇게 말하지 않아도 어차피 내가 해야 할 일이라는 것을 알고 있다.

스페이스는 나를 초월자로 성장시켜 원을 안정시키는 것이 우선이다.

반면, 현무는 아리를 성장시켜 암흑 대차원과 연관된 자들과 지구 대차원으로 넘어오는 존재를 제거하는 것이 우선이었다.

둘 다 나와 아리의 성장을 우선해 돕고 있지만, 추구하는 목적이 미묘하게 달랐다.

'어차피 둘 다 해야 할 일이니 상관은 없다. 하지만 스페이스와 현무가 어떤 상관관계인지는 반드시 알아내야 한다. 아홉 존재로부터 얻은 정보와도 다르니 말이다.'

아홉 존재로부터 얻은 정보대로라면 지구 대차원은 초월자들의 다툼으로 인해 아홉 개의 차원으로 갈라졌다.

하지만 스페이스나 현무가 열려준 정보는 조금 달랐다.

창조주가 하나의 거대한 세상이었던 지구 대차원의 평행 차원을 만들었고, 균형이 어그러지자 침공해 온 암흑 대차원을 막기 위해 그곳으로 건너가면서 차원을 분할했다고 하니 말이다.

스페이스와 현무의 목적도 조금 다른 것도 그렇고, 대변혁을 인식하는 것도 다른 것을 보면 뭔가 알 수 없는 커다란 비밀이 숨어 있는 것이 확실하다.

'우선 창조주가 암흑 대차원으로 건너간 후 어떤 상황인지 알아야 한다. 지금까지 암흑 대차원의 영향을 받은 존재들을 찾는 일에 집중하고 있었다면 현무는 창조주에 대해 무엇인가 알아낸 것이 있을지도 모른다.'

─ 정보는 고맙다. 그런데 창조주가 암흑 대차원으로 건너간 이후에 어떻게 됐는지 알고 있나? 네가 준 정보에는 없어서 말이야.

─ 그것은 저도 모릅니다.

─ 정보가 하나도 없다고?

─ 그렇습니다. 전해 드린 정보처럼 지구에서 게이트가 열릴 때마다 변환된 에너지를 확인해 암흑 대차원의 영향을 받은 존재들을 찾는 것이 제 임무였습니다. 그런 존재들을 찾아내기는 했지만, 창조주에 대한 정보는 하나도 없었습니다.

대답이 단호한 것을 보니 정보가 없는 것 같다.

얻을 수 있는 정보가 단편적이었을 테고, 자신이 맡은 임무 이외에는 전혀 관심을 갖지 않았을 테니 어느 정도 이해가 갔다.

창조주가 건너간 후 암흑 대차원으로부터 지구로 역방향 게이트가 한 번도 없었으니 정보가 아예 없었을 테고 말이다.

─ 이쉽군. 창조주가 다른 대차원의 일에는 직접적으로 개입

할 수는 없다고는 하지만 암흑 대차원에 건너간 후에 가만히 있지는 않았을 텐데, 뭔가 추측되는 것이라도 있나?

— 무슨 일이 벌어졌는지 정확하게 확인할 수는 없지만, 예상이 되는 것이 하나 있기는 합니다.

— 예상한 것이 무엇인지 한번 말해봐.

— 암흑 대차원의 창조주와 거래를 했을 가능성이 가장 높습니다.

— 거래?

— 그렇습니다. 창조주가 건너간 후 암흑 대차원에서 지구 대차원으로 열리던 게이트가 완전히 사라졌습니다. 한순간에 사라졌다는 것은 암흑 대차원의 창조주가 관여하지 않는 한 불가능한 일이니 말입니다.

— 무슨 말인지 알겠다. 그렇지만 이상하군. 암흑 대차원의 창조주는 지구 대차원을 흡수하려는 존재인데, 어째서 협력을 했을까?

— 창조주는 다른 대차원에 간섭을 할 수 없습니다. 간섭을 하는 순간 반발력을 감당할 수 없어 소멸에 이를 수 있으니 말입니다. 그리고 간섭당한 대차원의 창조주도 역으로 간섭할 수 있게 되기도 하고 말입니다.

— 창조주라도 다른 대차원에는 간섭을 할 수 없다고 했는데, 누가 이곳으로 넘어오려는 거지?

— 지구 대차원을 침공한 존재들은 그곳의 창조주가 아니라 암흑 대차원을 이루는 소차원을 관장하는 초월적인 존재들일 확률이 높습니다.

— 암흑 대차원에도 초월적인 존재들이 있다고?

— 그렇습니다.

— 좋아. 그렇다고 치고. 암흑 대차원 자체가 다른 대차원을 잡아먹고 커지는 것이 아닌가?

— 지구 대차원과는 상극이라고는 하지만 암흑 대차원이 다른 대차원을 무작정 흡수하는 것이 아닙니다.

— 무작정 흡수하는 것이 아니라고?

— 그렇습니다. 암흑 대차원이 혼돈의 에너지를 기반으로 만들어진 곳이기는 하지만 나름대로 질서를 따릅니다. 질서가 무너져 버려 에너지가 비틀린 차원만을 흡수하는 것이 바로 암흑 대차원입니다.

— 한마디로 말해 차원을 청소하는 청소부라는 건가?

— 그런 것도 하기는 하지만 새로운 대차원을 탄생시키기 위한 에너지를 제공하는 것이 암흑 대차원의 진정한 역할입니다.

— 무슨 말이지?

— 의지를 일으킨 존재는 혼돈으로부터 자신에게 맞는 에너지를 뽑아내 세상을 창조하는 것이 차원이 생성되는 법칙입니다.

— 무너진 차원을 흡수해 새로운 차원을 생성한 기반을 제공

한다는 뜻이군.

— 그렇습니다.

— 그렇다면 암흑 대차원의 창조주의 통제를 벗어난 초월적인 존재들이 사단을 일으켰고, 그걸 억제하기 위해 두 창조주가 협력을 했다는 말이로군.

— 현재로서는 가장 합리적인 추론입니다.

— 대충 이해가 가는군.

이건 스페이스도 알려주지 않은 새로운 정보다.

대변혁 초창기에 게이트가 열리면서 마물이라 불리는 존재들이 나타났고, 얼마 지나지 않아 마물이 넘어오는 일은 없어졌다는 기록을 본적이 있다.

작전에 투입되기 시작하고 난 뒤 게이트를 넘어온 몬스터를 처리한 적이 몇 번 있어서 몬스터와 마물이 같은 것으로 생각했지만, 이제 보니 아닌 것 같다.

기록상에도 마물이 넘어오는 일이 없다고 했던 것을 보면 마물은 암흑 대차원에서 온 존재들이 분명하니 말이다.

스스로 게이트를 열어 다른 대차원에 침공할 수 있을 정도의 힘을 가진 초월적인 존재들이라면 암흑 대차원의 창조주 또한 버거운 이들이었을 것이기에 두 창조주의 거래가 성사됐을 확률이 높았다.

제 4 장

거래로 인해 역방향 게이트가 열리지 않는 것은 확실하고, 이제는 지구 대차원에서 암흑 대차원으로 게이트가 열리는 이유를 알아봐야 할 것 같다.

거래가 이루어졌다면 지구 대차원에서도 게이트가 열리지 않아야 정상이니 이유가 있을 것이다.

― 그러면 이곳에서 암흑 대차원으로 향하는 게이트를 열 수 있는 것은 무엇 때문이지?

― 초창기 암흑 대차원에서 넘어온 존재들에게 영향을 받은 이들이 있었습니다. 지금 게이트를 열고 있는 것은 바로 그들입니다.

— 으음, 그런 존재들이 있었군. 그런데 어떻게 게이트를 여는 것이 가능한 거지?

— 존재감을 떨어트린 것 이외에는 지구 대차원의 차원 시스템은 아예 작동이 되지 않고 있습니다. 그것 때문에 다른 차원의 침공을 받기도 했지만, 초월적인 존재들이라면 다른 차원으로 게이트를 여는 것이 충분히 가능합니다.

— 그렇군.

— 더군다나 암흑 대차원 창조주는 그곳에 속한 초월자들이 지구 대차원으로 넘어가는 것을 막는 것만 겨우 가능했을 겁니다.

— 그전에도 초월자들이 지구 대차원으로 침공하는 것을 막지 못하고 있었으니 외부 차원의 침공까지 막기는 어려웠을 거라는 것이군.

— 그렇습니다. 암흑 대차원의 창조주도 그 정도가 한계였을 겁니다. 거기까지 예상하시다니, 역시 마스터께서 선택하신 분답습니다.

예상이라고 하지만 현무가 생각보다 많은 것을 알고 있다는 생각이 든다.

현무가 나에게 주의를 기울이기 시작한 것을 보니 아무래도 더 이상 파면 안 될 것 같은 생각이 든다.

— 무슨 말인지 알겠다. 그나저나 아리는 어떤 거지? 네가 강

하게 만들기 위해 이곳으로 데리고 왔다고 했는데, 성과가 있었나?

— 다행히 마스터께서는 창조주께서 안배한 힘은 전부 얻은 상태입니다.

— 그렇군. 알았다.

처음 만났을 때 아리는 S급 진성 능력자였다.

내 사례를 보더라도 창조주의 분신이 남긴 안배를 모두 얻었다면 엄청나게 강해졌을 것이 틀림없었다.

'아직 확신을 할 수 없으니 일단 아리가 깨어난 다음에 물어보자.'

현무의 말도 완전히 확신하기는 어려운 일이라 아리가 깨어나기를 기다리기로 했다.

십여 분이 지난 후에 아리가 깨어났다.

나를 바라보며 촉촉하게 젖은 아리의 눈을 보니 심장이 아릿하다.

"몸은 좀 괜찮아?"

"완전히 다 나았어요."

"천만다행이야."

"당신, 많이 야윈 것 같아요."

아리가 촉촉한 눈빛으로 나를 바라본다.

자신보다 나를 더 걱정하는 마음이 느껴져 가슴이 아프다.

"야위긴! 잘 먹고, 잘 자고, 잘 있었어."

"정말 다행이에요."

애틋한 눈으로 내 뺨을 쓰다듬는 아리의 손길을 느끼며 그동안의 시름이 눈처럼 녹아내리는 것을 느낄 수 있었다.

'아차! 이럴 때가 아니지.'

스페이스도, 현무도 믿을 수 없는 상황이었기에 위험할 수도 있는 상황이라 아리에게 알려야 했다.

— 아리, 지금부터 내가 전하는 정보들은 현무에게는 차단을 해줘.

— 알았어요.

초월자에 근접한 상태라서 그런지 몰라도 마음의 동요가 없었다.

아리에게 그동안 내가 생각해 왔던 것을 전했다.

— 자기 말대로 이상하기는 해요. 자기 에고도 그렇고, 이제부터 현무도 조심해야 할 것 같아요.

— 그래. 어떤 비밀이 있는지 알아내기 전까지는 조심하자.

— 이제는 나도 현무와 의식을 분리할 수 있을 테니 알려질 염려는 없을 거예요. 그런데 조금 이상해요.

— 아리도 느꼈어?

— 세상이 변하고 있나 봐요. 흐르는 에너지들이 완전히 달라졌어요.

아리 말대로 세상이 변하고 있었다.

게이트를 닫을 때 느꼈던 에너지들이 온 세상에 가득 차는 것을 알고 있었지만, 아리 때문에 뒤로 미루고 있었다.

순식간에 퍼져 나가 세상을 완전히 감싸고 난 뒤 파동이 변화했다. 이제는 어떻게 된 것인지 신경을 써야 할 것 같다.

어떻게 된 상황인지 알아봐야 하고, 이것저것 대책을 세우려면 일단 내가 마련한 근거지로 가야 할 것 같다.

"일단 이곳에서 나가자."

"그래요."

"현무에게 바깥으로 나갈 수 있도록 결계를 조정해 달라고 지시를 해줘."

"알았어요."

아리가 현무에게 텔레파시를 보냈다.

─ 현무.

─ 말씀하십시오, 마스터.

─ 공간 이동을 해야 할 것 같아.

─ 결계를 조정하겠습니다.

─ 고마워.

─ 아닙니다.

아리는 나에게 연결이 되어 있다는 것을 감춘 채 자신과 현무가 나누는 대화를 중계해 주었다.

"현무가 결계를 조정할 거예요."

"결계가 해제되면 우리가 거점으로 삼은 곳에 갈 거야. 공간이동을 할 테니 너무 놀라지 마."

"알았어요."

아리의 대답을 들으며 곧바로 공간 이동을 했다.

팟!

거점에 도착하자마자 스페이스의 텔레파시가 들려왔다.

— 어서 오십시오, 마스터.

— 에너지 파동이 심상치 않은데, 지구 대차원의 경계에 드리워진 방어막이 모두 걷힌 건가?

— 그렇습니다.

— 이 변화는 아리 때문이겠지?

— 창조주께서 남긴 마지막 안배인 마스터의 반려께서 각성을 하시면서 지구 대차원에 남아 있던 차원력이 소진되어 그런 것 같습니다.

— 차원력이 사라지면서 게이트가 생성되는 것을 억제하던 차원 방어막이 완전히 기능을 상실한 거로군.

— 그렇습니다.

— 역시 그렇군. 그나저나 아리의 상태가 어떤지 파악이 되나?

— 마스터께서 오실 때부터 지켜보고 있었습니다. 반려께서

에고를 가지고 계신데, 연동을 하도록 할까요?

— 현무와 연동이 가능한 거야?

— 어떤 에고라도 연동이 가능합니다. 앞으로 어떤 상황이 벌어질지 모르니 연동을 하는 것이 좋을 것 같습니다.

— 알았어.

역시 스페이스는 현무의 존재를 모르고 있었다.

"아리, 내 에고인 스페이스가 현무를 연동시켰으면 하는데, 괜찮겠어?"

내가 개방을 해주었기에 스페이스와 나누는 텔레파시는 아리도 듣고 있었다.

"나는 괜찮아요."

"그럼 다행이네. 현무에게도 물어봐 줘."

"알았어요."

곧장 현무에게 텔레파시를 보냈고, 아리의 배려로 둘의 대화는 나에게 개방이 되어 있었다.

— 성찬 씨의 에고가 연동을 하고 싶다는데, 현무는 어때?

— 마스터께서 원하시면 저는 상관없습니다. 마스터의 반려와 손을 잡고, 의식을 개방해 주시면 됩니다. 저도 개방을 하도록 하겠습니다.

— 알았어.

"현무도 괜찮다고 하네요."

"다행이네."

"현무가 개방을 한다고 하니 손을 잡아요."

아리의 손을 잡으며 스페이스에게 텔레파시를 보냈다.

— 스페이스, 시작해.

— 알겠습니다, 마스터. 반동이 있을 수 있지만 염려하지 않아도 됩니다.

스페이스는 곧장 현무와 연동을 시작했다.

서로를 자세하게 모르면서도 연동을 하려는 스페이스나 그것을 순순히 받아들이는 현무가 이상했지만, 일단은 지켜보는 수밖에 없을 것 같다.

'으음……'

부족한 것이 채워지는 것 같은 기분을 느껴지는 것을 보니 연동은 제대로 되는 것 같다.

— 이상해요. 단순한 것이 아닌 것 같아요.

— 나도 그래. 그냥 연동이 아닌 것 같아. 조심해야겠어.

— 아무래도 새로운 존재로 진화하는 것 같으니 일단은 지켜보는 것이 좋을 것 같아요.

— 그러는 것이 좋겠어.

아무래도 스페이스나 현무가 각성하는 것 같다.

스페이스는 창조주가 사라진 후 세상을 주관했던 존재다.

존재라 부르는 것은 스페이스가 스스로 판단하고 결정을 내린다는 것을 깨달았기 때문이다.

스페이스는 대변혁과 동시에 세상을 조율했고, 내가 창조주의 안배를 얻도록 이끌었다.

조금 다르기는 하지만 현무도 비슷한 여정을 겪었다.

현무는 창조주의 분신을 대신해 평행 대차원을 지구 대차원과 융합시킨 후, 김오 박사와 함께 아리를 보호하고 성장시키는 일에 매진했다.

대변혁이 두 개의 대차원들을 융합시키고, 아홉 개의 차원으로 분할되는 와중에도 자신의 의지를 가지고 둘 다 임무를 충실히 이행했다.

지켜본 바로는 스페이스와 현무는 나와 아리를 보조하기 위해 만들어진 것이 아닐 확률이 높다.

에고로 만들어졌지만, 서로를 연동시키면서 진화를 하고 있으니 말이다.

스페이스와 현무가 진화하는 것을 아리도 느끼고 있는지 텔레파시를 보내온다.

─ 전과는 완전히 느낌이 다른 것을 보니 다른 존재로 진화하고 있는 것이 확실해요.

─ 내가 보기에도 그런 것 같아.

─ 이대로 두면 위험하지 않을까요?

─ 느껴지는 존재감을 보면 크게 위험하지는 않을 것 같으니

그냥 놔두는 것이 좋겠어. 문제를 일으킨다고 해도 수습할 수 있을 것 같으니 말이야.

— 그럴게요.

— 아리, 앞으로도 내가 전한 정보에 대해서는 현무가 알지 못하도록 하는 것이 좋을 것 같아.

— 알고 있어요.

의식을 공유하고 있지만, 샴발라의 미지의 공간에서 접한 아홉 존재가 전한 정보에 대해서는 공개하지 않았다.

그리고 그들이 남긴 마지막 의지 또한 마찬가지다.

아홉 존재가 나에게 마지막으로 전한 의지는 다시 세상을 꿈꿔야 한다는 것이었다.

세상을 다시 꿈꾼다는 것이 무엇을 뜻하는지 모르지만, 스페이스와 현무, 그리고 창조주가 얽힌 비밀을 풀 열쇠가 될 수도 있을 것 같다.

아리에게 깨울 때 정보를 전하며 마지막 의지는 현무와 공유하지 않도록 해둔 것은 잘한 것 같다.

아홉 존재가 창조주를 배신하고 자신만의 차원을 만들려고 했다가 봉인을 당했다고 했는데, 아무래도 이상한 생각이 들었기 때문이다.

스페이스가 말한 정보대로라면 아홉 존재는 창조주를 대신해 지구 대차원과 평행 대차원을 조율하도록 만든 존재들이 분명했다.

거기까지는 이해가 가지만. 두 가지 의문점이 있다.

하나는 두 개의 대차원이 합쳐졌다는 것이다.

차원 씨앗을 심은 존재들이라고는 하지만 창조주가 자신의 분신인 또 다른 의지를 거두어들이고 두 개의 대차원을 융합시켰다면 그런 의지들은 사라졌어야 마땅하다.

분리된 의지를 다시 융합했을 정도로 위기감을 느꼈다면 자신의 의지라고 할 수 있는 차원 씨앗을 간직한 존재들의 힘을 거둬들여 힘을 회복시켜야 정상인데, 그냥 두었다는 것이 말이 되지 않으니 말이다.

또 하나는 대변혁이 일어난 후 다시 아홉으로 분할이 되었다는 것이다.

사라졌어야 할 존재들의 기억과 의지가 분할된 세상에 남아 있는 것을 보면 아홉 개의 차원이 그것을 유지하고 있는 것이 분명하다.

그렇다는 것은 창조주만큼이나 아홉 개의 차원과 밀접한 관계가 있는 존재라는 것을 증명하는 것이나 다름없다.

봉인한 존재들이 차원 융합에서도 소멸하지 않고, 차원 분할 이후에도 존재를 유지하는 이유를 알아야 할 것 같다.

— 아리, 아홉 존재들이 존재하는 이유를 알아야 할 것 같아. 그들이 마지막으로 남긴 의지와 관련이 있을 테니까 말이야.

― 봉인된 상태에서도 전하려 한 것을 보면 의미가 아주 큰 것 같으니 빨리 알아봐야 할 것 같아요.

― 알았어. 모든 것이 명확해질 때까지 스페이스나 현무에게는 아홉 존재들이 남긴 마지막 의지를 공유하면 절대 알 될 것 같아.

― 그래요. 스페이스와 현무가 변하기 시작하면서 세상도 변하는 것 같으니 어떤 식으로 변화가 일어나는지 한번 살펴보는 것이 좋겠어요.

스페이스와 현무는 창조주와 그의 분신이 세상을 조율하기 위해 남긴 존재다.

둘 사이에 연동이 시작되고 진화가 시작되면서 아리의 말처럼 뭔가 세상에 변화가 일어나고 있었다.

세상 곳곳에서 독특한 에너지 파동이 뻗어 나오고 있었기에 살펴보지 않을 수 없었다.

― 내가 한번 살펴볼 테니, 아리는 스페이스와 현무의 상태를 살펴봐 줘.

― 알았어요.

빌딩 안으로 들어오며 아무도 눈치챌 수 없게 의지의 한 조각을 남겨두었다.

아리에게 부탁을 하고 결계 밖에 남겨둔 의지를 이용해 세상 밖의 변화를 탐지했다.

'뭐, 뭐지?'

의지로부터 정보가 들어왔는데, 절대로 있을 수 없는 변화가 세상에서 일어나고 있었다.

게이트를 닫을 때마다 느꼈던 혼돈의 에너지가 지구로 물밀듯이 밀려들고 있었다.

'지구 대차원을 아우르는 경계가 깨진 것이 분명하다. 스페이스와 현무의 진화가 경계를 깬 건가?'

차원력으로 유지되던 배리어가 사라지기는 했지만, 차원 간의 경계는 뚜렷했는데, 사라지다니 의문이 아닐 수 없다.

'으음, 이럴 수가!'

혼돈의 에너지가 밀려들자 사람들에게 변화가 나타났다.

샴발라에 가지 않은 보통 사람들에게서 2차 각성의 징후가 나타나고 있었다.

'어떻게 이런 일이? 스페이스와 현무의 진화가 일어나면서 사람들이 변하기 시작했다. 그렇다면 둘은 절대 단순한 에고가 아니다.'

2차 각성을 시작한 사람들을 지켜보았다.

유물 능력자나 진성 능력자를 제외한 모든 이가 각성을 하고 있었다.

능력자들이 각성한 것과는 조금 다른 방향이기는 하지만 각성을 한 것은 분명했다.

'나도 변화가 시작된 건가?'

샴발라에 들러 정보를 얻으면서 각성을 했다고 생각했는데, 그것이 끝이 아니었나 보다.

혼돈의 에너지 때문인지는 몰라도 나에게도 변화가 일어나고 있었으니 말이다.

― 자기!

― 왜? 무슨 일이야?

― 아무래도 이상해요. 의식이 한없이 깊어지고 있어요.

― 으음, 나도 그런데.

― 자기도요?

― 확실히는 모르겠지만 스페이스와 현무로 인해 뭔가 변하기는 하는 것 같아. 어쩌면 우리도 진화하는 것인지도 모르겠어.

― 어떻게 하죠?

― 나쁜 현상은 아니니까 지켜보자.

― 알았어요.

세상 사람들이 2차 각성을 시작하고, 나와 아리도 진화가 되고 있는 것을 보면 대변혁에 버금가는 거대한 변화가 시작이 되고 있는 것이 분명했다.

차—아앙!

유리가 압력을 이기지 못해 깨지는 것 같은 소리가 천지를 울렸다.

오대양 육대주에 울려 퍼진 이 이상한 소리에 어떤 이는 잠을 자다 벌떡 일어났고, 어떤 이는 소스라치게 놀라며 하늘을 바라봤다.

'뭐지?'

침대에 누워 깊은 잠에 들었던 차인숙도 갑자기 울려 퍼진 소리에 놀라 잠에서 깨어났다.

차인숙은 옆 침대에 누워 잠을 자던 자신의 동생이 놀란 눈으로 자신을 바라보는 것을 볼 수 있었다.

"언니! 어떻게 해?"

자신을 부르는 동생의 목소리에 흔들리던 차인숙의 눈빛이 급격히 가라앉았다.

"인화야! 어서 가자!"

"응, 언니."

두 자매는 서둘러 옷을 입고는 침실을 나섰다.

침실을 나선 자매가 향한 곳은 서재였는데, 차인화는 안으로 들어서자 곧바로 수인을 그렸다.

그녀의 손을 따라 푸른빛의 입자가 공간을 메우자 자매의 모습이 서재에서 사라졌다.

공간 이동 통해 자매가 향한 곳은 제주도에 비밀리에 마련한 안가였다.

안가의 도착한 자매는 지하에 마련된 상황실로 향했다.

상황실 안에는 많은 사람들이 각자 바라보고 있는 모니터에 나타나는 상황을 체크하고 있었다.

"에너지 수준 체크하고, 변동 사항 확인해! 그리고 게이트 발생지를 확인하고, 요원들에게 대기 지시하도록 해."

안경을 남자 하나가 소리를 지르며 상황실 요원들을 진두지휘하고 있었고, 자매는 조용히 남자에게 다가갔다.

"어떻게 됐어?"

"오셨습니까. 예상하고 있던 일이 벌어진 것 같습니다."

"역시, 차원 방어막이 사라진 건가?"

"지구를 지탱하는 에너지가 변화하는 것을 보니 사라진 것이 분명합니다."

"드디어 본격적인 침공이 시작된 거군."

"그렇습니다.

차인숙은 미간을 찌푸리며 모니터를 주시했다.

침공의 시작은 게이트를 열어 세상이 기반이 되는 에너지를 바꾸는 일이었다.

다른 차원으로 넘어갈 경우 자신이 가진 에너지와 세상의 에너지가 충돌해 가진 힘을 다 발휘하지 못하기 때문이다.

일종의 테라포밍이다.

자신의 활동할 여건을 만들었으니 이제 본격적인 침공이 시작되는 것이다.

'역행 게이트가 조금만 더 빨리 가동되었어도……'

대차원을 주관하는 의지가 사라진 후 외계 차원의 방어할 수 있는 차원 방어막이 사라지고 무방비 상태인 터라 예정된 일이었지만, 아쉽기 그지없었다.

그동안 준비가 되지 않아 외계 차원의 게이트를 닫으며 에너지 흐름이 역행하는 작업을 얼마 전에야 시작할 수밖에 없었기 때문이다.

'이젠 어쩔 수 없다. 어차피 차원이 완전히 열려 모든 사람들이 각성을 할 테니 그것에 기대를 걸 수밖에.'

전쟁이 본격적으로 시작이 되겠지만 그동안 그냥 넋을 놓고 있었던 것은 아니었다.

차원 간 경계가 사라진 터라 세상 사람들 모두 2차 각성이 진행될 것이고, 공습해 오는 존재들을 막을 능력자들이 나타날 것이기 때문이었다.

"이제는 어쩔 수 없는 상황이니 지금부터 각성자들을 찾는 것에 전력을 기울인다."

"다음 단계로 진행이 되는 겁니까?"

"지금부터 두 번째 프로젝트를 시작한다. 유물 각성자나 진성 각성자들에 대한 대처도 필요하니 준비를 철저히 하도록."

"알겠습니다."

차인숙의 지시를 받은 남자는 수하들에게 빠르게 오더를 내리기 시작했다.

지구를 비롯해 지구 대차원에 속한 차원들에 살고 있는 지성체들의 각성이 시작될 것이고, 특별한 능력을 각성한 이들을 누가 더 많이 확보하느냐에 따라 세상의 존망이 달려 있었기에 요원들은 바쁘게 오더를 수행했다.

"언니, 그 아이들은 어떻게 됐을까?"

"알아서 잘할 거다."

"하지만……."

"선택된 아이들이다. 삼환문의 사명을 잘 아는 아이들이고 말이다."

성찬과 성진은 걱정이 되지 않았다.

오래전부터 준비한 끝에 모든 것을 얻은 아이들이니 앞으로 차원을 넘나들며 악전고투를 치르겠지만, 제 역할을 할 것이라 믿었다.

"인화야, 우리가 걱정해야 할 것은 그 아이들이 아니다. 게이트를 열며 세상을 바꾸려 한 존재들이 먼저다. 언제 움직일지 모르지만, 놈들이 본격적으로 나서기 시작하면 세상은 혼란에 빠져들 테니 말이다."

"알았어. 나도 시작할게."

"그래, 조심해라."

"언니도 조심해."

언니와 마찬가지로 자신도 해야 하는 일이 있었기에 차인화는 곧장 상황실을 떠났다.

차원 방어막을 와해시킨 존재들이 본격적으로 움직일 것을 대비하여 준비해 놓은 안배들을 가동시켜야 할 시간이었기 때문이었다.

이렇게 행동을 개시한 것은 자매만이 아니었다.

대변혁이 이어 다시금 커다란 변화가 일어나기 시작하자 자매와 마찬가지로 때를 기다린 듯 움직이는 자들이 있었다.

차원을 관장하는 각 나라의 정보국은 물론이고, 그동안 암중에서 게이트를 열어 세상의 기반이 되는 에너지를 테라포밍한 존재들도 움직이고 있었다.

[각성을 시작합니다!]

하늘이 깨지는 소리가 울리고 난 후 몇 시간이 흐르자 1차 본성을 각성한 이들의 시야에 알 수 없는 메시지가 떠올랐다.

처음에는 헛것이 보이나 생각했지만, 자신뿐만이 아니라 주변에 있던 다른 이들도 같은 것이 보이고 있다는 것을 알게 된 사람들은 대변혁에 버금가는 커다란 변화가 시작되었다는 것을 깨달았다.

본격적으로 모든 이에게 변화가 일어난 것은 하늘이 깨지는 소리가 난 후 정확히 24시간이 지난 후부터였다.

사람들의 시야에 또 다른 메시가 떠올랐다.

마치 게임의 상태창처럼 자신의 상태를 알리는 것이었다.

"우와! 나 각성했어!!"

"나, 나도!! 난 마법 계열이야."

"나는 검사 계열로 나왔어."

"하하하하! 내가 능력자로 각성을 하다니……."

메시지에 나타난 내용들을 확인하며 사람들은 미친 듯이 환호했다.

그동안 유물 능력자나 진성 각성자처럼 특별한 계기가 없다면 능력자가 될 수 없다고 생각했는데, 하늘이 깨지고 난 뒤 2차 각성을 했다는 것을 깨달았기 때문이다.

'각성이라니?'

모니터에서 움직이고 있던 캐릭터들이 일제히 멈추는 것을 확인하며 정찬호는 쓰고 있던 헤드폰을 벗었다.

"찬호야, 나 각성했어!"

"각성?"

"그래, 인마. 나 마법사가 될 것 같아."

"마법사라니, 그게 무슨 말이야?"

"너 눈에 뭐 떠오르는 거 없어?"

"눈에?"

친구인 용호의 말에 눈을 두리번거리던 찬호는 자신의 시야에 뭔가 떠오르는 것이 보였다.

[당신은 대적자! 초월자들을 대비하십시오.]

주변에서 환호를 지르는 친구들과는 달리 정찬호의 시야에 뜬 것은 이런 메시지였다.

'이건 뭐지? 내가 대적자라니 말이야.'

메시지를 이해할 수 없었던 정찬호는 의문이 들었다.

"이야! 찬호야, 이거 완전히 상태창이야, 상태창!"

"뭔데 그래?"

"레벨이라는 것도 있고, 내 신체 능력이 수치로 나타났어. 그리고 마력 같은 것도 표시가 되어 있고 말이야. 완전히 상태창이라고 보면 돼."

"으음."

"왜? 너는 그런 것이 보이지 않는 거냐?"

"그런 것은 아니지만……."

말끝을 흐리는 찬호의 태도에 용호는 입을 다 물었다.

절친한 친구인 찬호가 각성을 하지 못했거나, 능력치가 아주 낮을지도 모른다는 생각 때문이었다.

대화가 끊어진 틈을 타 입을 연 것은 자신의 상태창을 확인한 근석이라는 다른 친구였다.

건너편 PC에서 게임을 하고 있던 근석이 다가와 용호에게 물었다.

"용호야, 넌 뭐로 각성한 거냐?"

"나는 마법사다, 근석아."

"자식! 원하는 대로 됐구나. 축하한다."

"너는 뭐냐?"

"나야 탱커지."

"하하하! 너도 원하는 대로 됐구나."

"그래. 이제 차원정보학과에 들어가는 것은 문제가 없을 것 같다."

"다행이다."

용호와 근석의 대화를 듣고 있던 찬호는 주변을 둘러봤다.

'전부 각성한 것이 분명하다.'

상황을 보니 PC방에 있던 모든 사람들이 각성을 한 것이 분명했다.

"근석아, 너도 상태창에 네 능력들이 표시되니?"

"그래. 내 근력이 50이란다. 50!"

"난 5인데. 네가 50이라고?"

"그래, 인마."

"우와!"

'근석이가 용호의 열 배라고?'

두 친구의 대화를 옆에서 듣고 있던 찬호는 놀라지 않을 수 없었다.

용호의 신체 능력은 성인을 능가하는 수준이다.

어려서부터 합기도와 주짓수를 배웠고, 고등학교에 들어와서는 차원통제사가 되기 위해 종합격투기를 배웠다.

키가 193센티미터에 몸무게가 90킬로그램을 넘어가는 탄탄한 용호의 근력이 5다.

그런데 비실비실해 보이는 근석이 지닌 근력 50이라면 어느 정도인지 짐작을 할 수 없었다.

"찬호야, 너는……."

근석이 생각에 잠겨 있는 찬호에게 물으려 하자 용호가 그런 그를 잡아챘다.

"왜?"

"잠깐 따라와라."

"왜 그러는데?"

"좀 조용히 하고 따라와."

용호는 찬호가 각성하지 못했다고 생각했기에 근석을 잡아끌고 다른 친구들에게로 갔다.

자신을 배려하는 용호를 보며 찬호는 메시지를 봤다.

[당신은 대적자! 초월자들을 대비하십시오.]

'그나저나 나는 왜 이렇지?'

찬호는 자신에게 보이는 메시지를 다시 한 번 확인하며 의문이 들었다.

'일단 확인해 보자.'

정찬호는 편을 갈라 게임을 치르고 있던 다른 반 아이들에게 물어봤다.

용호나 근석이처럼 상태창을 보이는 것이 확실히 자신에게 나타난 메시지와는 달랐다.

여기저기서 들리는 모르는 사람들의 대화를 들어봐도 자신은 남들과는 다른 메시지가 보고 있는 것이 틀림없었다.

'각성을 못한 건 아닌 것 같은데, 왜 다르지?'

다른 사람들이 상태창처럼 여러 가지 능력치가 표시되는 것과는 달리 자신은 오직 한 가지 메시지밖에 없었기에 걱정이 되지 않을 수 없었다.

'아니다. 대적자라며 초월자를 대비하라고 하는 것을 보면 나도 각성을 한 것은 틀림없다. 그나저나 메시지도 그렇고, 갑자기 다들 각성을 하다니 분명히 큰일이 일어날 것 같은데……'

대변혁이 일어났을 때 세상이 변했다.

자신에게만 보이는 것 같은 이상한 메시지도 그렇고 갑자기 주변의 모든 사람들이 각성을 했다고 하니 불안감이 엄습했다.

자신에게 나타난 메시지를 보면 초월자라는 존재를 상대하기 위해 각성한 것 같아서였다.

대적자로서 초월자를 대비하라는 메시지를 받은 이는 정찬호 뿐만이 아니었다.

극소수이기는 하지만 정찬호와 같은 메시지를 받은 이들이 있었고, 그들은 자신이 앞으로 변할 세상을 대비하기 위한 존재라는 것을 깨닫고 두려움에 잠겼다.

앞으로 펼쳐질 세상의 변화를 도무지 예상할 수 없었기 때문이다.

어떤 식으로 변화가 일어나고 있는지 조금 자세하게 살펴봐야겠다는 생각이 들어서 거점 근처에 있는 사람들부터 확인을 했다.

빌딩 주변을 살피면서 놀랍게도 사람들이 전부 2차 각성을 했다는 것을 알 수 있었다.

'으음, 전부 각성을 한 것이 확실하구나. 샴발라로 가야만

2차 각성을 할 수 있다는 것이 정설이었는데…….'

사람들의 각성이 사실이었음을 확인하며 어떤 식으로 각성이 이루어졌는지 살펴봤다.

'유물 능력자나 진성 능력자와는 조금 다르다고 생각했는데, 자신이 가진 능력을 저런 식으로 곧바로 인지할 수 있다니 정말 놀랍구나.'

빌딩 근처의 건물을 탐색하며 각성한 사람들을 주의 깊게 살펴보니 게임의 상태창처럼 자신이 각성한 능력을 볼 수 있는 모양이었다.

'으음, 다른 사람들과는 조금 다른가?'

그렇게 사람들을 살펴보다가 조금 다른 반응을 보이는 사람을 하나 발견할 수 있었다.

고등학생으로 보이는 남자아이였다. 좋아서 각성한 내용을 살피는 친구들과는 달리 무척이나 심각한 표정을 짓고 있었다.

혹시나 2차 각성을 하지 못했을 수도 있기에 남학생을 주의 깊게 살폈다.

주변을 돌아다니며 친구들에게 묻기만 하는 것을 보니 각성을 하지 못한 것인지, 아니면 능력치가 낮아서 그런 것인지 알 수가 없었다.

'상태창을 볼 수 있으면 좋겠군.'

곤혹스러운 눈빛으로 여러가지 확인을 하는 남학생을 보니 궁금하지 않을 수 없었다.

'으음.'

상태창을 보고 싶다는 생각이 들자마자 남학생은 물론이고, 주변에 있는 사람들의 각성한 상태가 어떤 것인지 볼 수 있었다.

상태창이 보이고 있었기 때문이다.

그리고 남학생이 어째서 심각한 표정을 짓고 있는지 알 수 있었다.

[당신은 대적자! 초월자들을 대비하십시오.]

남학생의 시야에 나타난 것을 보면서 정말이지 놀라지 않을 수 없었다.

다른 사람들과 달리 능력치가 표시되어 있는 상태창이 아니라 알 수 없는 메시지였기 때문이다.

초월자를 대비하는 대적자라는 존재라는 문구만 선명했고, 능력치에 대해서는 아무것도 나타나 있지 않았다.

'다른 곳에도 저 남학생 같은 사람이 있는지 살펴보자.'

의식을 집중하며 결계 밖에 남겨진 의식을 확장시켰다.

의식이 확장되는 만큼 사람들의 상태를 확인할 수 있었고, 능력치가 보이는 사람들과는 달리 남학생과 같이 알 수 없는 메시지를 보고 있는 사람들이 꽤나 있다는 것을 확인할 수 있었다.

대략 1만 명당 1명 정도가 알 수 없는 메시지를 보며 당혹해

하고 있었다.

'확인을 해봐야겠다.'

어째서 그런 메시지를 받았는지 확인을 할 필요가 있었다.

대적자라고 하는 것을 보면 그런 메시지를 받은 사람들이 특별한 힘을 가졌을 가능성이 높았기 때문이다.

'으음, 이제 끝나가나 보다.'

에너지가 안정되어 가는 것을 느낄 수 있었다.

차원의 경계가 사라지고 외부 차원의 에너지가 본격적으로 유입되면서 평형을 이루고 있었다.

에너지 평형이 이루어지자 스페이스와 현무에게서 발산되는 에너지도 안정을 되찾고 있었다.

결계 밖에 있는 의지를 연결해 사람들을 살피는 것을 그만두어야 할 것 같다.

연결을 끊고 눈을 뜨자 아리가 당혹스러운 표정으로 나를 바라본다.

'내 의식과 자연스럽게 연결이 되고 있는 모양이니 굳이 설명을 해줄 필요는 없겠다.'

표정을 보니 아리도 지금까지 내가 느끼고 보았던 것들 모두 파악한 것 같다.

― 내가 보고 있는 것이 보였어?

― 그냥 자연스럽게 보였어요. 대적자라니, 도대체 무슨 일일

까요?

　— 나도 모르겠어.

　— 앞으로 무슨 일이 벌어질지 두려워요.

　— 잘 대처하는 수밖에 없는 것 같아.

　— 그럴 수밖에는 없는 것 같아요.

　— 이제 어느 정도 끝난 것 같으니 조심해야겠어. 둘 다 깨어나는 것 같으니 말이야.

　— 그런 것 같아요.

　스페이스와 교감이 확실해지는 것을 느끼며 텔레파시를 중단했다.

　스페이스와 현무의 변화가 끝난 것이다.

제 5 장

지금까지와는 확연히 다른 존재감이 느껴졌다.

아리도 그것을 느꼈는지 표정이 좋지 못하다.

— 자연스럽게 대해.

— 알았어요.

내 말을 듣고 아리의 표정이 곧바로 풀렸다.

— 현무와 대화를 해보도록 해. 나도 그럴 테니까.

— 알았어요.

아리에게 말하고 스페이스와의 교감에 집중했다.

'스페이스가 진화를 했지만 나도 변했다. 이제는 완벽하게 의식을 분리시킬 수 있으니.'

두 에고가 진화하며 변화가 일어나자 삼환제령인이 완벽해졌다.

덕분에 공유하던 의식을 내 의지대로 분리시킬 수 있어 다행이라는 생각이 들었다.

그것은 아리도 마찬가지였다.

— 스페이스, 괜찮아?

— 괜찮습니다, 마스터. 현무와의 연동이 끝났습니다.

— 다행이군. 그래, 어때?

— 제가 인식할 수 있는 폭이 훨씬 넓어진 것 같습니다. 확인을 해봐야겠지만 다른 차원들도 노이즈 없이 인식이 가능할 것 같습니다.

— 잘됐네. 앞으로도 잘 부탁해.

— 알겠습니다, 마스터. 그나저나 지금 확인을 하셔야 할 것이 있습니다.

— 확인할 것이라니?

— 차원의 경계가 심상치 않습니다.

— 에너지 기반이 바뀌고 있는 것이 그 때문인 것 같군. 내가 직접 살펴보기는 힘들 것 같은데, 지구 밖의 상황이 어떤지 살펴볼 수 있겠어?

— 가능은 합니다만, 워낙 범위가 넓어 현무와 같이 살펴봐야 할 것 같습니다.

— 알았어. 그렇게 해줘. 나는 문도들을 만나보러 갈 테니 말

이야. 상황 파악이 끝나면 곧바로 설명을 해줘.

— 예, 마스터.

스페이스의 의지가 내게서 떠나 차원의 경계를 넘는 것이 느껴진다.

아리도 고개를 끄덕이는 것을 보니 현무도 함께 떠난 것이 분명해 보인다.

이제 현화를 만나러 가야 한다.

차원정보실을 활성화했으니 내가 추측하는 것을 알아봐야 할 차례다.

"아리, 나랑 현화하고 형들을 만나러 가자."

"그래요. 다들 처음 보는 건데, 괜찮을지 모르겠어요."

아홉 존재가 지니고 있던 정보를 전해주면서 문도들에 대한 것도 아리에게 알려주었다. 처음 대면하는 자리라 불안한 것 같다.

"다들 좋은 사람들이야. 아리가 내 여자라는 것만으로도 잘 대해줄 테니 너무 걱정하지 마."

"알았어요."

아리를 데리고 현화와 형들이 있는 곳으로 갔다.

숙소를 안내해 주러 갔던 현화는 형들과 같이 있었다.

"성찬아, 누구시니?"

"내 반려야, 형."

"반려?"

"그래. 저번에 작전이 끝나고 만나게 된 아리가 바로 이 사람이야."

"그렇구나. 하하하! 처음 뵙습니다, 제수씨."

형이 웃으며 아리를 반겨주었다.

"만나서 반가워요, 아주버님."

"하하하! 저도 만나서 반갑습니다. 이런 미인이 제수씨라니, 성찬이 녀석 복이 터진 모양입니다."

"성찬아, 제수씨라니?"

형이 웃으며 반가움을 표시하자 근호 형이 의문이 가득한 눈으로 나를 바라본다.

"내 아내야, 형. 그동안 몸이 좋지 않아서 치료하고 있었는데, 이제 다 나아서 데리고 온 거야."

"이야, 너무하네. 그런데 지금까지 이야기하지 않은 거냐?"

"사정이 좀 있었어."

"사정?"

"지금까지 어디 있는지 나도 몰랐거든. 이번에 각성을 하면서 겨우 찾아서 데리고 온 거야."

"그런 거구나. 마음고생이 심했겠다."

근호 형이 그간의 사정을 이해했는지 더 이상 묻지 않았고 위로를 해준다.

"그러기는 했지만, 이제 잘 풀려서 괜찮아. 그보다는 상황이 심각한 것 같아."

"무슨 말이냐?"

"아무래도 두 번째 대변혁이 시작된 것 같아."

"성찬아! 두 번째 대변혁이 시작되다니, 도대체 그게 무슨 말이냐?"

성진이 형이 놀라 묻는다.

"형, 샴발라에 들어가지 않았는데도 지금 사람들이 2차 각성을 하고 있는 중이야."

"사람들이 지금 2차 각성을 하고 있다고?"

"그래, 형. 차원 경계가 사라지고, 지금 다른 차원들의 에너지가 흘러 들어오고 있어. 그 에너지들이 사람들의 본성을 자극해서 각성이 일어나고 있는 중인 것 같아."

"어, 어떻게 그런 일이……. 도저히 믿지 못하겠다."

"사실이야."

안으로 들어서며 내가 빌딩에 발동시킨 결계는 세상의 모든 것과 단절을 시켰다.

그 어떤 변화가 일어나도 안에서는 알 수가 없게 되어 있으니 놀랄 만도 하다.

"현화, 방송이 되고 있을 테니 텔레비전을 켜봐."

"알았어요."

내말에 현화가 성진이 형 방에 있는 텔레비전을 켰다.

화면이 켜지자 긴급 속보로 뉴스가 방송되고 있었다.

아나운서는 사람들의 각성을 전하며 대변혁과 같은 변화가 시작되었다는 내용을 열심히 방송하고 있었다.

다른 채널을 돌려 봐도 같은 내용의 뉴스가 경쟁적으로 보도되고 있었다.

자신도 2차 각성을 했다는 것을 알리며 능력치에 대해 설명하는 아나운서도 있었고, 거리로 나간 리포터가 각성한 사람들을 취재하는 방송도 있었다.

"정말 2차 대변혁이 시작됐구나. 그렇지만 사람들이 전부 각성을 하다니 놀라운 일이다. 성찬아, 그런데 우리는 어째서 상태창 같은 것이 보이지 않는 거냐?"

"들어오면 결계를 작동시켰어. 결계가 발동이 되면 외부의 영향을 받지 않도록 되어 있는데, 그것 때문인 것 같기는 하지만 아직은 확실히 모르겠어."

"으음, 혹시 모르니 확인을 해봐야 하지 않겠냐?"

"그래야 할 것 같아, 형. 현화는 문도들을 전부 강당으로 모이도록 해줘. 차원정보실은 지금 사용할 수 없을 테니 텔레파시를 보내면 될 거야."

"알았어요."

사람들과 네트워킹이 가능한 현화에게 부탁을 했다.

현화가 텔레파시를 보내고 우리는 강당으로 향했다.

2차 각성을 해서 몸놀림이 보통 사람들과는 달라져서인지 문도들이 모이는 것은 금방이었다.

문도들에게 세상이 변했음을 설명한 뒤에 대비를 단단히 하라고 이르고는 결계를 일부 해제했다.

'으음.'

예상한 대로 문도들에게 변화가 일어났다.

신체에서 뿜어지고 있는 에너지 파장이 점점 강렬해지는 것을 느끼며 샴발라에서 돌아왔을 때보다 강해지고 있다는 것을 알 수 있었다.

'으음, 차원력이 높아지고 있군. 이런 식으로 강해질 줄은 상상도 못 했는데……'

다른 차원으로 넘어가 활동을 하게 되면 얻을 수 있는 차원력이 차원이 개방된 것만으로 쌓이며 문도들의 능력이 높아지고 있었다.

"장문인!! 아무래도 큰일이 일어날 것 같습니다. 이상한 것이 눈에 보입니다. 이게 어떻게 된 상황입니까?"

아마도 상태창이 보였는지, 근호 형이 놀라서 묻는다.

지금까지 배웠던 것과는 전혀 다른 이질적인 현상이 그런 것일 것이다.

자세히 살펴보니 상태창이 아니었다.

"으음……."

성진이 형을 비롯한 강당에 모인 문도들의 시야에 보이는 것은 메시지였고, 얼마 전에 내가 살폈던 남학생에게서 보았던 것과 내용이 같았다.

'모두가 상태창을 볼 수 있도록 변했지만, 그렇지 않은 것은 나를 비롯해 두 사람이군.'

대적자라는 메시지가 보이지 않는 것은 나와 현화뿐이다.

'아무래도 저 상태창에 보이는 대적자라는 의미를 정확하게 알아야 할 것 같구나.'

고민이 깊어지는 찰나, 스킨 패널을 통해 큰 이모로부터 연락이 왔다.

─ 성찬아!

"큰 이모."

─ 나를 좀 도와줘야 할 것 같다.

"무슨 일인데요?"

─ 지금 내가 있는 곳으로 올 수 있니?

"곧바로 갈 테니 어디인지 알려주세요."

─ 여기는 제주도다.

"제주도요?"

─ 좌표를 찍어줄 테니 빨리 와라.

"알았어요."

스킨 패널을 통해 곧바로 좌표가 전송이 되었다.

"무슨 일이냐?"

"큰 이모가 도와달라고 하는데, 급한 일인 것 같아."

"어디로 가야하는 거냐?"

"제주도. 아무래도 이번 변화와 관련이 있는 것 같으니 일단 갔다 올게."

큰 이모가 도와달라고 했다는 말에 성진이 형도 마음이 급한 모양이지만, 나 혼자 움직이는 것이 편하다.

"현화!"

"예, 장문인."

"결계를 다시 닫을 테니까 내가 돌아올 때까지 문도들이 적응을 할 수 있도록 도와줘."

"알겠습니다."

샴발라에서 각성을 했지만 자신의 능력을 완벽히 다룰 수 있는 것은 아니라는 것을 잘 알고 있기에 현화도 고개를 끄덕인다.

세상이 변하고 있으니 지금은 준비를 해야 하는 시기라는 것을 잘 아는 까닭이다.

"성찬아, 나도 같이 가야 되는 것 아니야?"

"아직 어떤 상황인지 정확하게 모르니까, 형은 여기에서 현화를 도와주고 있어."

"알았다."

그렇게 형에게 당부를 한 후 곧바로 결계를 닫고 큰 이모가 전송해 준 좌표로 공간 이동을 했다.

"서, 성찬아!!"

결계가 쳐진 내부로 공간 이동을 해서인지, 큰 이모가 소스라치게 놀라며 나를 바라본다.

"큰 이모."

"어떻게 이곳으로 공간 이동을 할 수 있었던 거니? 너도 2차 각성한 거니?"

"네, 이모. 이모가 좌표를 알려줘 편하게 올 수 있었어요."

"공간 이동까지 가능하다니 축하한다."

"뭘요. 운이 좋았죠. 그런데 무슨 일이세요?"

"아차! 그 이야기는 나중에 하도록 하자. 일단 급한 불부터 꺼야 하니까."

"급한 불이요?"

"그래. 세상이 변했다는 것을 너도 알고 있지?"

"예, 이모."

"아무래도 차원을 방어하는 경계가 무너진 모양이다. 방어할 수단이 없어진 탓에 앞으로 큰일이 벌어질 거다."

"큰일이요?"

상황을 정확히 파악하고 있는 것을 보니 아무래도 큰 이모도 뭔가 알고 있는 모양이다.

"그래. 어쩌면 괴물들이 차원 경계를 넘어올지도 모른다. 괴물들을 대비하기 위해서도 그렇지만, 그 괴물보다 더한 존재들을 막기 위해서는 사람들이 필요해. 네가 도울 일은 그들을 찾는 거다."

"차원을 넘어올 괴물들도 그렇고, 그보다 더한 존재들이라니 급한 일이군요. 사람들이 전부 2차 각성을 하는 것 같던데 그들은 아닌 것 같고, 특별히 찾는 사람이 있나요?"

"그래, 성찬아. 내가 찾고 있는 이들은 대적자로 선택된 사람들이다."

대적자에 대한 이야기를 큰 이모에게 들을 줄은 몰랐다.

"대적자라니요? 큰 이모, 대적자가 뭡니까?"

"조금 특별하게 각성한 사람들이다. 다른 이들과는 달리 초월자들에게 간섭받지 않는 의지를 가지고 각성한 사람들이지. 지금까지 알려진 능력자들은 괴물들을 상대할 수 있지만, 괴물들을 능가하는 그 존재들을 막는 것은 불가능하다."

"괴물보다 더한 존재라는 것들은 일반 능력자들이 상대할 수 없다는 건가요?"

"그래, 내가 말하는 것들은 지금까지 알려진 몬스터나 괴물들과는 차원이 완전히 다른 존재들이다. 특별한 존재들만이 그 존재들을 막을 수 있지."

"도대체 어떤 존재들인데요?"

"그들은 초월적인 존재들이다. 암흑의 힘을 가진 초월자라고 할 수 있지. 앞으로 나타나게 될 암흑의 초월자들을 막을 사람들은 오직 대적자로 선택된 사람뿐이다."

"암흑의 초월자라? 도대체 무슨 일이 일어나고 있는지 자세하게 설명을 해주세요, 큰 이모."

"휴우, 내가 마음이 급했구나. 그러니까……."

큰 이모가 대적자와 암흑의 초월자들에 대해서 설명을 해주기 시작했다.

거기에는 아홉 존재들이 전해준 정보와는 아주 많이 다른 지구 대차원에 얽힌 비밀이 포함되어 있었다.

큰 이모가 암흑의 초월자라고 말한 존재들은 다른 차원에서 넘어온 것이 아니었다.

그들은 지구 대차원에 속한 존재이며, 창조주의 의지에 반해 어둠에 물든 존재들이었던 것이다.

큰 이모의 이야기에 따르면 창조주의 의지에 따라 차원 씨앗을 가진 존재들이 있었다고 한다.

차원 씨앗을 발아시켜 성장한 그들은 창조주와 같이 자신만의 세상을 구축할 수 있는 권능을 가지게 된다고 한다.

빠진 부분이 조금 있기는 했지만, 여기까지는 지금껏 내가 얻었던 정보와 거의 대동소이했다.

하지만 나머지 내용은 달랐다.

지구 대차원을 벗어나 새로운 세상을 만들어야 할 존재들이 창조주의 의도에 따르지 않았다고 한다.

그들은 새로운 대차원을 구축하는 것이 아니라 창조주와 전쟁을 벌였고, 패한 후에 모두 봉인이 되었다는 것이다.

'아홉 존재가 창조주의 의도에 따라 순순히 봉인된 것이 아니라 전쟁에 패해 봉인이 되었다니 정말 이상한 일이군.'

내가 샴발라에 가서 얻은 정보로는 대차원의 균형과 안정을 위해 순순히 창조주를 따른 것으로 알고 있는데, 많이 달랐다.

큰 이모가 잘못 알고 있는 건지, 아니면 뭔가 숨겨진 비밀이 있는 것인지 모르겠지만, 이어지는 큰 이모의 설명에 집중했다.

"이제는 창조주가 세상을 유지하는 힘이 지구에서 사라져 버렸다. 그리고 창조주와 대적했던 존재들의 봉인이 풀렸다. 태고적 우리가 신이라 부르는 존재들이 깨어나는 것이다. 하지만 우리가 알고 있는 것과는 완전히 다른 존재들이다. 세상 모든 것을 집어삼키는 블랙홀 같은 존재로 깨어나니 말이다. 모든 것을 어둠으로 물들이는 그런 존재로 말이다."

"그러니까, 이모. 우리가 신이라 부르던 존재들이 모든 것을 집어삼켜 암흑으로 만드는 존재로 깨어난다는 거예요?"

"그래. 신성이나 의지라고는 찾아볼 수 없는 존재로 깨어나게 된다. 지구 대차원을 침공하는 외계의 대차원과 연결이 되면서 존재의 의지가 바뀌어 버린 탓에 걸리적거리는 것은 모두 집어삼켜 소멸시키는 무서운 존재가 되어버리는 것이지."

"으음."

"대적자는 그들과 맞서 싸울 수 있는 유일무이한 존재들이다. 창조주가 뿌린 차원 씨앗을 발아시킨 존재들과는 달리 스스로 차원 씨앗을 생성한 존재들이라고 할 수 있지."

"차원 씨앗이라는 것을 스스로 생성해요?"

"이번에 대변혁과 비슷한 변화가 일어나 차원 씨앗을 스스로 생성하게 된 것은 지구 대차원을 지키기 위해 창조주가 남긴 마지막 의지다. 창조주가 자신을 희생해 우리에게 준 기회다. 하지만 대적자들은 아직 아무런 준비가 되어 있지 않다. 해서 그들을 찾아줬으면 한다."

"그들을 찾아서 암흑의 초월자들을 상대할 수 있도록 성장시켜야 하는군요. 그런데 어떻게 찾아야 하죠?"

"너라면 충분히 가능할 것 같은데, 아니니?"

큰 이모가 나를 보며 미소를 짓는 것을 보니 내가 가진 능력을 어느 정도 눈치를 챈 모양이다.

"가능하기는 하죠. 그러면 암흑의 초월자들로부터 대적자들을 찾아서 보호해 달라는 건가요?"

"암흑의 초월자들은 아직 봉인이 전부 풀린 것은 아니니 괜찮다. 내가 부탁하는 것은 보호가 아니라 다른 존재들이 대적자들을 오염시키기 전에 하루빨리 찾아달라는 거다."

"다른 존재라니, 무슨 말씀이죠?"

"차원 씨앗을 발아시켜 초월자가 되었지만, 선택을 받지 못한 존재들 중에서 창조주의 봉인을 피한 이들이 있다."

"예?"

샴발라에서도 그렇고, 스페이스나 현무에게서도 얻을 수 없었던 전혀 새로운 정보다.

"창조주의 봉인을 피한 존재들이 있고, 그들이 차원 씨앗을 스스로 생성한 대적자들을 노린다는 건가요?"

"그래. 그들은 창조주가 암흑 대차원으로 건너가기 위해 대변혁을 일으키는 순간에 벌어진 찰나의 틈을 이용해 시선을 벗어났다. 그리고 창조주가 뚫어놓은 길을 따라 암흑 대차원으로 건너갔다. 대변혁 초기에 한동안 지구 대차원과 암흑 대차원이 연결이 되었던 것도 그 존재들 때문이었다."

"그랬군요. 어째서 그들이……."

"그들이 아니다. 암흑 대차원으로 건너간 그들은 그곳의 에너지를 흡수한 후 새로운 지구 대차원에서 자신을 따르는 자들에게 특별한 힘을 보냈다. 그 힘은 받은 자들은 새로운 존재로 거듭났고, 대적자들을 노리는 것은 바로 그들이다."

"으음, 그런 자들이 있었다니 놀랍군요. 대적자들을 노리는 건가요?"

"완전히 다른 존재로 성장하기도 전에 창조주로 인해 차원 경계가 닫히면서 놈들에게 문제가 생겼다."

"더 이상 암흑 에너지를 얻을 수 없어서 완전체로 성장하지 못한 모양이군요?"

"그래. 놈들이 완전해지기 위해서는 대적자들이 생성한 차원 씨앗이 필요하다. 새로운 존재로 거듭나기는 했지만, 이질적인 에너지들을 같이 품고 있어 차원 씨앗을 발아시켜 융합을 해야만 하지. 그렇지 않으면 에너지가 충돌해 소멸되고 마니까 말이다. 놈들 손에 대적자들이 들어가면 암흑의 초월자보다 무서운 세력이 될 수도 있다."

"암흑의 초월자들을 따랐지만 경계가 막히면서 놈들도 창조주가 되려는 건가요?"

"그건 아니다. 차원 씨앗을 흡수해 창조주 같은 존재가 되면 좋겠지만 그들은 이미 암흑에 오염되어 버린 존재들이다. 그들이 차원 씨앗을 얻게 되면 암흑의 초월자들처럼 모든 것을 집어삼켜 소멸시켜 버리는 혼돈, 그 자체가 되니 절대 대적자들이 그들의 손에 들어가면 안 된다."

"으음, 무슨 말씀이신지 알겠어요. 그런데 어떻게 대적자들을 보호하실 생각인가요?"

"그건 방법이 있으니 걱정하지 마라. 너는 대적자들을 찾아서 여기로 데리고 오기만 하면 된다."

"알았어요. 그런데 놈들도 대적자들을 찾고 있을 텐데, 만약 마주치면 어떻게 하죠?"

"그것도 걱정하지 마라. 대적자들을 노리는 것은 놈들이 남긴 흔적의 일부니까 말이다."

"흔적이라고요?"

"그래, 놈들은 완전한 상태가 아니다. 대적자들을 노리는 것은 놈들의 힘을 일부나마 이어받은 자들일 테니까 말이다. 지금까지 예상한 바로는 최대 S급 진성 능력자 정도가 한계일 거다."

"알았어요, 큰 이모. 그 정도라면 부딪치더라도 충분히 상대할 수 있을 것 같아요. 하지만 암흑 대차원에서 넘어오는 그들은 어떻게 할 건데요?"

"암흑 대차원으로 넘어간 후 새로운 존재가 됐어도 아직까지는 지구 대차원으로 넘어올 수 없는 상태다. 놈들도 암흑 대차원의 진짜 초월자들과 경쟁을 해야 하니 말이다. 대적자들이 성장해서 권능을 각성하게 되면 암흑 대차원을 넘는 존재들은 물론이고, 암흑의 초월자들의 잔재라고 할 수 있는 존재들을 모두 막을 수가 있으니 말이다."

무슨 일을 해야 할지 대략 감이 잡히지만, 아직은 정보가 부족했다.

"알겠어요, 큰 이모. 그러면 저희와 같이 움직일 인원은 얼마나 됩니까?"

"사실 그동안 철저히 준비를 해왔기에 너에게 도움을 요청할 생각은 없었다. 그런데 예상보다 각성한 대적자의 수가 많아져서 동원할 인원이 부족한 상황이다. 다른 곳은 별다른 문제가 없지만, 동아시아를 중심으로 우리가 예상한 것보다 세 배나 많은 대적자가 나타났으니 말이다."

"그러면 부족할 것 같은데, 각성자들의 도움을 받는 것이 좋을 것 같네요."

"성찬아, 그건 곤란하다. 정체를 파악하지는 못했지만, 각성자들 중에는 암흑 대차원의 영향을 받은 자들이 있는 것 같으니 말이다."

"으음, 그동안 게이트를 여는 시도가 지속적으로 있었던 것을 보면 그렇기는 하겠군요."

큰 이모의 말대로 진성 각성자들이나 유물 각성자 중에 그런 존재들이 있을 가능성이 높았다.

그나마 현화의 휘하에 있는 유물 각성자들은 염려할 것이 없을 것 같다.

현화가 해결사들을 통합하면서 영입한 유물 각성자들을 자세하게 살펴봤는데, 그들이 보유하고 있는 에너지에서 이상한 점을 느낄 수는 없었다.

더군다나 초월적인 존재들이 남긴 사념을 모두 제어해 완벽하게 자신의 것으로 만든 상태니 말이다.

유물 능력자들 중에서 현화에 휘하에 들어오지 않은 자들이 있다.

아무래도 그런 이들 중에는 암흑 대차원의 영향을 받은 이들이 있을 테지만 그다지 많은 숫자가 아니다.

문제는 진성 각성자들이다.

샴발라로 가서 각성한 자들은 어느 정도 안심할 수 없는 상황이고, 게이트를 열릴 때 흘러나온 암흑 대차원을 비롯한 다른 대차원의 에너지를 기반으로 각성을 한 자들도 있으니 말이다.

'골치 아프군.'

차원 간의 문제를 조율하는 것이 삼환문의 사명이기는 하지만 일이 너무 커진 것 같다.

대적자들이 있다고는 하지만 솔직히 믿을 수 없는 상황이니 문도들과 내 힘으로 정리를 할 수 있을지 의문이 든다.

'암흑 대차원의 영향을 받은 존재들이 차원들을 흡수해 거대한 혼돈으로 변한다면 모든 것이 끝장이다. 지금 상황으로는 그때그때 어떻게 돌아가는지 살피면서 최선을 다하는 수밖에 없다.'

이미 벌어진 일이다.

현재의 상황에서 최선을 다하는 수밖에는 없는 것 같다.

"성찬아, 너무 걱정할 것 없다. 창조주에게 실망해 지구 대차원을 저버린 존재들도 있지만 그렇지 않은 이들도 있으니 말이다."

"무슨 말씀이세요?"

"대변혁이 일어날 당시 창조주의 뜻을 따르느라 스스로를 봉인했지만, 스스로의 힘으로 언제든지 자신만의 차원을 만들 수 있는 존재들이 있었다. 그들은 자신들이 가진 모든 것을 내던져 최후의 안배를 남겼고, 우리는 그 뜻이 이어받아 지금까지 준비를 해왔다."

"그렇군요."

창조주의 봉인을 피한 초월자 중에서 암흑 대차원으로 건너간 존재들만 있는 것이 아닌 것 같다.

'어쩌면 그 존재들일지도 모르겠군.'

자신을 희생해 지구 대차원을 지키려는 존재들이 누구인지 알 것 같다.

샴발라로 가서 내가 만났던 존재들일 확률이 높았다.

'그러면 창조주와 싸운 존재들은 어디에 봉인이 되어 있는 거지?'

큰 이모의 말을 빌자면 창조주와 대적했던 존재들이 봉인이 되었다고 하는데 어디에 있는지 알 수가 없다.

"큰 이모, 창조주와 대적했다가 봉인된 존재들이 어디에 있는지 알 수 있어요?"

"아직은 파악되지 않고 있다. 우리가 대적자들을 빨리 찾으려는 것도 그 때문이다."

"창조주의 의지가 모두 사라진 상태라 봉인이 풀렸을 테니 그들이 가장 위험할 수도 있겠군요."

"그래. 그들이 제일 먼저 움직이겠지."

"알았어요. 최대한 서둘러야겠네요."

"그래. 부탁한다."

"제가 어떻게 움직이면 됩니까?"

"대적자들의 위치는 이미 파악이 끝났다. 인화가 움직이고 있지만, 손을 대지 못하는 곳은 네가 맡아주면 된다."

"알았어요. 그들을 확보해 이곳으로 데리고 오기만 하면 되는군요. 제가 맡아야 할 사람들이 어디 있는지 좌표부터 알려주세요."

"그래. 스킨 패널로 전송해 주마."

큰 이모가 사람들의 위치를 전송해 주었다.

작은 이모가 움직이고 있다고 했는데도 상당한 양의 좌표가 전송이 되었다.

'이 정도 인원이라면 나 혼자 움직여서는 안 되겠다.'

나에게 전송된 좌표는 모두 200여 개였다.

막는 자들이 있을 테니 무력도 되고 공간 이동까지 가능한 이들은 모두 움직여야 할 것 같다.

'문도들을 살펴야 하니 현화는 남아야 하고, 성진이 형과 근호 형, 그리고 아리 정도밖에 없군.'

움직일 수 있는 이들은 나를 비롯해 네 명이다.

스페이스에게 부탁해 공간 이동을 하면 되기는 하지만 일단은 숨겨야 할 것 같아 문도들을 보호하고 상황을 중계해 줄 현화만 빼고 넷이 움직여야 할 것 같다.

"좌표는 잘 받았어요. 곧바로 시작할게요."

"그래. 부탁하마."

"걱정하지 마세요."

공간 이동을 통해 곧장 빌딩에 있는 상황실로 갔다.

활성화하고 있는 중이기도 하지만 문도들을 보살피느라 그런지 상황실에는 아무도 없었다.

상황실로 먼저 온 이유는 생각할 것이 있어서다.

'큰 이모 말이 사실이라면 스페이스와 현무에게 가졌던 의문이 결코 잘못된 것이 아니었다.'

아홉 존재가 나에게 전한 마지막 의지나 큰 이모의 말을 종합해 봤을 때 창조주는 암흑 대차원의 초월적인 존재들이 지구 대차원으로 넘어오는 것을 막기 위해 그곳으로 넘어간 것이 아닌 것 같다.

스페이스나 현무가 가지고 있는 정보가 다른 것을 보면 내가 생각하지 못한 의도를 가지고 있는 것이 분명했다.

'스페이스나 현무가 창조주의 생각대로 움직이고 있는 것인지, 아니면 아무것도 모른 채 주어진 상황에 맞춰 움직이고 있는지가 문제가 되겠군.'

스페이스와 현무는 창조주와 분신이라고 할 수 있는 의지가 만든 에고다.

지금 창조주나 그의 분신이 품고 있는 뜻을 쫓아 움직이고 있는 것인지, 코딩한 대로 아무 생각 없이 움직이는 것인지에 따라 상황이 많이 달라진다.

'조금 있으면 삼환제령인이 완성이 되니 스페이스나 현무를 직접 살펴볼 수 있다. 그때 확인해 보자.'

지구 대차원이 완전히 개방이 되어서 그런지 내 의식의 고양감이 점점 더 높아져 가고 있는 중이라 머지않아 삼환제령인을 완벽하게 성취할 수 있다.

지금도 언뜻언뜻 생각하고 있는 것이 보이기는 하지만 삼환제령인을 완성하면 스페이스와 현무를 더 자세하게 살펴볼 수가 있을 것이다.

지구 대차원을 완전히 떠난 창조주가 어떤 의도를 가지고 있는지 말이다.

'대차원의 경계가 사라져서 그런지 스페이스나 현무는 나와 아리에게 관심을 두고 있지 않으니 큰 이모 부탁을 최대한 빨리 해결하자.'

샴발라에 다녀오기 전까지는 어쩔 수 없이 스페이스와 의식을 공유했지만, 이제는 완벽하게 분리할 수 있고, 그건 아리도 마찬가지다.

스페이스와 현무가 다른 것에 정신이 팔려 있을 때 대적자를 찾아 큰 이모에게 데려다주는 것이 좋을 것 같다.

현화나 성진이 형들이 문도들을 교육하다 말고 곧바로 강당으로 갔다.

그리고 현재 상황과 큰 이모에게 받은 부탁을 설명한 후 곧바로 움직이기 시작했다.

성진이 형이나 근호 형이 2차 각성을 하기는 했지만 아직 능력을 온전히 사용할 수 있는 상태가 아니다.

공간 이동을 하루에 열 번 정도밖에 할 수 없는 상태라서 나와 아리가 더 많이 움직여야 했다.

나와 아리는 상관없이 공간 이동을 할 수 있었지만, 대적자들을 제주도로 옮기는 일에는 제법 시간이 많이 걸렸다.

확인된 좌표로 가서 대적자로 각성한 사람들에게 현재의 상황을 설명하고, 이해를 시켜야 했기 때문이다.

다른 이들과는 각성한 방식이 다르다는 것을 확인하고 혼란에 빠져 있었던 터라 상세하게 설명해 주고 난 뒤에야 제주도로 이동을 시킬 수 있었다.

성진이 형과 근호 형 둘이서 대략 30여 명을 이동시킨 후 퍼져 버렸고, 그나마 아리는 혼자서 60여 명 가까이 이동을 시킬 수 있었다.

나머지 인원은 내가 담당했는데, 제주도로 이동시키기 위해 정신없이 움직였는데도 거의 사흘이라는 시간이 걸렸다.

이제 마지막 사람을 제주도로 이동을 시키면 큰 이모에게 부탁받은 일이 모두 끝난다.

그동안 우리 일을 방해하는 자들이 없어서 다행이지, 그렇지 않았다면 언제 끝날지 모를 일이었다.

내가 맡은 마지막 사람은 용인에 살고 있는데, 신도시로 개발된 수지에서 조금 떨어진 곳이었다.

마지막 사람이 있는 좌표로 근처로 이동해 가까이 접근하려 하자 이질적인 에너지가 주변에서 느껴졌다.

"으음, 드디어 놈들도 움직이기 시작한 건가?"

성질이나 정체를 정확히 파악할 수는 없지만, 소름이 끼칠 정도로 파괴적인 힘을 간직하고 있었다.

'거의 S급 진성 능력자가 품고 있는 에너지라니, 보통 놈이 아니다.

파파팟!

자칫 위험에 빠질 수도 있기에 서둘러 마지막 대적자가 있는 곳을 향해 달렸다.

공원 벤치에 교복을 입은 소녀가 앉아 있는 것이 보였다.

소녀는 울 것 같은 표정으로 앉아 있었다.

자신의 상태가 심각하다는 것을 느끼고 있는지 모르지만 간혹 가다 허공을 손으로 짚고 있었다.

아마도 이번에 일어난 변화로 다른 이들은 각성을 했지만 자신은 못했기 때문일 것이다.

"뭐하니?"

"누, 누구세요?"

메시지를 살피던 소녀는 내말에 겁먹은 표정으로 물었다.

"널 보호해 줄 사람."

"보호요?"

"지금 자세한 이야기를 해주기는 어렵겠다. 너를 노리는 사람이 있어서 말이야."

"예?"

"별로 위험하지 않을 테니까 움직이지 말고 그냥 벤치에 앉아 있어라."

놀라는 소녀를 뒤로 두고 신형을 돌려야 했다.

파괴적인 기운을 흘리는 존재가 나타났기 때문이다.

'S급은 훨씬 넘어선 것 같으니 역시 만만치 않겠군.'

흉흉한 기색의 검은빛 에너지를 내뿜는 존재가 나와 소녀를 노려보고 있었다.

형체는 분명 인간이었지만, 아지랑이처럼 흘러나오는 검은 기운에 휩싸여 있어 절대 인간으로 보이지 않는 존재였다.

"저, 저게 뭐예요?"

"너를 노리는 존재다. 지금부터 눈을 감고 있어라. 절대 눈을 뜨면 안 된다."

"아, 알았어요."

에너지를 퍼트려 놈이 내뿜는 에너지에 침식하는 것을 차단하고 있는 중이다.

하지만 눈으로 들어오는 정보로도 소녀가 가진 에너지가 오염이 될 수도 있기에 눈을 감도록 했다.

'싸우는 동안 저 에너지에 노출이 될 수도 있으니 배리어를 쳐야겠다.'

나를 향해 점점 거세게 뿌려지는 에너지를 차단하며 소녀 주변에 배리어를 생성했다.

공간 이동으로 이곳에 오기 전부터 전투 슈트를 착용하고 있었기에 투구만 생성시켰다.

스르르르!

'일반적인 힘으로는 놈을 처리하기가 힘들지도 모르겠다.'

에너지 형태로 봐서는 놈은 형체가 없는 존재가 분명하기에 물리적으로 타격을 주기 어려울 것 같다.

'그렇다고 상대하지 못할 것은 아니지. 어디!'

에너지 형태로만 공격이 가능한 터라 일단 전투 슈트 외곽을 내 에너지로 감쌌다.

놈도 내가 뿜아낸 에너지에서 위험을 느꼈던 것인지, 아지랑이처럼 뿜어내던 검은 에너지를 안으로 갈무리를 했다.

파—앙!

음속의 한계를 넘어서는 움직임에 소닉붐이 일어나는 것과 동시에 놈의 주먹이 움직였고, 지척으로 에너지가 밀려들었다.

콰아아앙!

손바닥으로 놈이 쏜 에너지를 막아내자 충격파가 터지며 주변을 휩쓸었다.

'네놈 뜻대로는 안 될 거다.

정말 빠른 놈이 아닐 수 없다.

공격이 실패하자마자 빈틈을 이용해 곧바로 이동해 소녀를 노리고 있으니 말이다.

공간을 접어 순식간에 놈의 옆으로 다가간 후에 옆구리를 향해 손날을 날렸다.

퍽!!

놈은 내 공격을 허용하면서도 내 몸 위를 덮고 있는 배리어를 찢으려 손을 휘저었다.

끼드드득!

내 주변을 둘러 싼 배리어는 초월자도 쉽게 어찌할 수 없는 것이기에 귀를 괴롭히는 마찰음만 울려 퍼졌다.

스르르.

자신의 의도가 실패로 돌아갔다는 것을 느낀 것인지 놈의 신형이 곧장 사라졌다.

공간 이동도 가능한 것인지 몰라도 놈은 처음 나타난 곳에 모습을 드러내고 있었다.

제 6 장

손날이 옆구리에 제대로 들어가는 것을 느끼며 내가 가진 에너지를 침투시켰는데도 불구하고 놈을 휘감고 있는 검은빛이 사라지지 않고 처음보다 더 짙어졌다.

'내가 뿌린 에너지를 흡수한 건가? 으음, 정확하게 들어가기는 했지만 전혀 타격을 입지 않은 것 같구나.'

게이트를 닫을 때마다 느꼈던 암흑 대차원의 에너지는 오직 놈에게서만 느껴진다.

다른 곳에서 에너지를 전송을 받지 않고 있는데도 불구하고 에너지 밀도가 커진 것을 보면 내가 뿌린 공격에 담긴 것을 흡수한 것이 분명했다.

'에너지를 빨아들여 자신의 것으로 만들고 있는 것이 분명하다. 이대로라면 승산이 없다.'

에너지를 빨아들여 혼돈의 원류라고 하는 카오스 상태로 만들어 사용하고 있는 것이 분명했다.

지금 내가 사용하고 있는 에너지의 성질대로라면 놈에게 먹잇감이 되는 것은 시간문제였기에 방법을 바꿔야 했다.

야당의 원내총무였던 김상겸이 사용했던 암흑 에너지를 흡수한 경험이 있었기에 방법을 바꾸는 것은 의외로 간단했다.

놈이 흡수한 내 에너지는 곧바로 놈에게 귀속되는 것이 아니다.

삼환제령인이 다섯 번째 단계에 들어서면서 어디든 내 의지를 둘 수 있기에 공격을 하는 순간에 사념을 심었다.

암흑 에너지로 변화되어 흡수된 것 같지만 희미하게나마 사념이 느껴지고 있었으니 변화만 주면 된다.

들리지는 않았지만 의지가 일자 놈의 내부에서 내 사념이 실린 에너지가 폭발했다.

쩌—저적!

폭발의 여파는 작지 않았다.

놈의 가슴 어림이 깨진 도자기처럼 금이 가더니 푸른빛이 조금씩 번져 나오기 시작했으니 말이다.

"크르르르!"

가래가 들끓는 것 같은 신음을 흘리는 것을 보니 놈에게 타격이 있는 것 같다.

하지만 새어나오던 푸른빛을 가라앉히려고 하고 있다.

파팟!

푸—욱!!

놈에게로 접근해 양쪽 가슴에 손을 꽂아 넣은 후 내 의지가 담긴 에너지를 주입했다.

파지지지직!!!

닫혀져 가던 금이 다시 벌어지고, 푸른빛은 더욱 거세게 흘러나온다.

"크아아아아악!!!"

콰지지직!!

고통스러운 비명 소리와 함께 놈의 몸이 유리창이 깨지듯 산산조각이 났다.

'아직 끝난 것이 아니다.'

에너지를 변환시켜 내부로부터 붕괴를 시켰지만, 암흑 에너지가 사라지지 않고 소용돌이처럼 주변을 휘돌고 있었기에 처리를 해야 했다.

의지를 불러 일으켜 주변을 차단하고, 스승님이 나에게 전하신 혼원주를 관조했다.

세상의 기반이 되는 모든 에너지를 흡수해 복제하거나 변환시킬 수 있는 혼원주가 자전을 시작했다.

'크으, 예상대로다.'

조금 고통스러웠지만 내 두 손을 통해 휘몰아치는 암흑 에너지가 빨려 들어오기 시작했다.

거칠게 저항하는 암흑 에너지는 잡아 누르며 손을 빨대 삼아 암흑 에너지를 흡수한 후에 가슴을 통해 혼원주가 있는 중단전으로 인도했다.

암흑 에너지는 실패에 실이 감기듯 혼원주에 감기며 천천히 흡수되기 시작했다.

자전하는 속도가 점점 가속되자 흡수되는 속도 또한 빨라졌고, 이내 혼원주 안으로 모두 흡수되었다.

그리고 흡수된 것은 에너지만이 아니었다.

암흑 에너지로 가득한 존재가 간직한 기억도 흡수되었고, 고스란히 내 의지로 전달되었다.

주변에 있던 암흑 에너지의 여파가 모두 사라진 것을 느끼며 혼원주의 운영을 중단했다.

파괴적인 기운이 모두 사라지고 한적한 공원의 적막만이 주변에 가득하다.

"아, 아저씨!"

"이제 끝났으니 눈을 떠도 된다."

소란이 가라앉자 슬며시 눈을 뜬 소녀가 두리번거리며 주변을 살피고 있다.

"아까 그건 어디 갔어요?"

"아저씨가 모두 소멸시켰다."

"아!!"

"이름이 뭐냐?"

"소영이요. 강소영."

"소영아, 앞으로도 그런 존재들이 계속 노릴 텐데, 어떻게 할래? 아저씨랑 같이 가면 안전은 보장하마."

"아저씨랑 같이 가요?"

"그래. 메시지를 보아서 알겠지만 너는 앞으로 아까 나타났던 존재들과 싸우도록 선택받은 존재다. 아직 완전히 각성한 것이 아니라서 놈들을 상대하려면 아저씨와 같이 가야 한다. 내 말이 사실이라는 것은 내 본성을 걸고 약속하마."

"으음, 다른 아이들처럼 상태창이 나타나지 않아서 고민했는데, 대적자라는 것이 그런 뜻이었나 보네요. 알았어요. 같이 갈게요."

본성을 걸고 약속하는 것이 큰 의미를 지녔다는 것을 잘 알고 있는지 선뜻 수긍을 했다.

"내 말을 믿어줘서 고맙다."

"이상한 것으로부터 나를 보호해 주고 본성을 걸고 말했는데 믿어야지요. 하지만 보육원 원장 선생님께 연락을 좀 해야 할 것 같아요."

"알았다."

'이번에도 마찬가지군. 대적자로 선택된 이들이 전부 고아들인 것을 보면 특별한 이유가 있을 것 같은데……'

내적자들을 이동시킬 때마다 아리나 형들로부터 텔레파시로 연락을 받았는데, 선택된 이들은 하나같이 고아들이었다.

정상적인 가정의 아이가 아니라 하나같이 고아들인 것을 보면 사연이 있는 것이 분명했다.

원장 선생님에게 연락을 한 소영이가 나를 바라보고 있었다.

"아저씨."

"왜?"

"원장 선생님께서 아저씨를 보고 싶으시데요."

"그래. 원장 선생님께는 말씀은 드려야겠지. 가자. 보육원이 어디니?"

"여기서 멀지 않아요."

앞장서서 공원을 벗어나는 소영이를 따라 보육원으로 향했다.

5분 정도 걷자 희망원이라는 명패가 걸린 제법 큰 2층짜리 건물을 볼 수 있었다.

안으로 들어가 원장을 만날 수 있었다.

소영이를 비롯해 고아들을 돌보고 있는 원장은 중년의 아주

머니였는데, 설득은 의외로 쉬웠다.

소영이가 다른 이들과는 다른 형태로 각성을 했고, 어떤 것인지 알려주었다. 걱정을 하는 눈치였지만, 내가 삼환문의 장문인이라는 것과 내 본성을 걸고 약속을 하자 두말하지 않고 나에게 맡겼다.

원장의 허락을 받은 후 소영이를 데리고 곧바로 공간 이동을 해서 제주도로 이동을 했다.

나를 맞이한 것은 성진이 형이었다.

근호 형과 아리는 삼환문으로 돌아갔다.

"성찬아, 고생했다."

"고생은 뭐. 큰 이모는 어디 가셨어?

"작은 이모를 만나러 나가셨다. 지금이 다섯 시니까 조금 있으면 돌아오실 거다."

"알았어."

"그 아이가 마지막이니?"

"응. 내가 받은 좌표로는 소영이가 마지막 사람이야."

"이름이 소영이구나. 많이 놀랐을 테니 쉬도록 해야겠다."

"그러는 것이 좋겠다. 소영아, 저 아저씨를 따라가면 숙소를 알려줄 거야. 거기서 부를 때까지 쉬고 있도록 해."

"알았어요, 아저씨."

내 말에 소영이는 대기하고 있던 요원을 따라 숙소가 있는 곳으로 향했다.

"그나저나 형, 대적자들을 노리는 놈들이 움직이기 시작한 것 같아."

"암흑 대차원으로 넘어간 존재들이 부리는 놈들 말이냐?"

"맞아. 소영이를 데리러 갔을 때 온통 암흑 에너지만 가지고 있는 존재를 만났어."

"뭐?"

"소멸을 시키기는 했는데, 전에 암자에 찾아왔던 김상겸과 비슷한 부류인 것 같았어."

"큰 이모 말씀대로 다른 차원에서 넘어온 존재가 아니라 에너지를 융합시킨 존재였다고?"

김상겸을 상대하느라 스승님이 돌아가셨다. 그런 그와 비슷한 존재라니 형이 놀라 묻는다.

"그래. 큰 이모 말이 맞는 것 같아. 암흑 대차원을 연결하는 게이트를 열고 에너지를 흡수한 자들이 진성 각성자들 사이로 스며든 것 같아."

"으음."

대적자들을 제주도로 공간 이동시키며 큰 이모에게 들은 이야기를 텔레파시로 전해주었기에 상황이 심각하다는 것을 인지한 성진이 형의 안색이 굳어진다.

"너에게 나타났던 존재를 소멸시키면서 단서를 얻은 모양이구나."

"그래. 놈이 가진 에너지를 흡수하면서 기억도 일부 흡수할 수 있었는데, 아무래도 제7국과 관련이 있는 것 같아."

"국정원의 제7국이 관련이 있다는 말이냐?"

"그래, 형."

"7국은 대차원에 관한 문제만 전담하는 조직이다. 더군다나 소속된 자들은 최하가 A급 진성 각성자다. 만약 그들이 암흑 대차원으로 넘어간 존재들이 남긴 자들과 연관이 있다면 상황이 심각해질 수도 있다."

"그건 나도 알고 있어. 하지만 아직 확실한 것은 아니야. 7국 전체가 가담을 했는지, 아니면 일부만 그런지는 알아봐야 할 것 같으니 말이야."

"그게 무슨 소리냐?"

"흡수한 기억대로라면 내가 소멸시킨 존재는 7국 안에서 활동을 할 때 자신의 정체를 감추고 있었어."

"전체가 놈들과 얽혀 있지 않을 수도 있겠다. 제발 그랬으면 좋으련만……."

"나도 그래."

7국에 대해서는 정보가 거의 없지만, 그들이 가진 힘이 거대하다는 것을 알기에 나도 바라는 바다.

만약 7국의 모든 이들이 남겨진 흔적을 이어받은 존재들이라면 큰 대가를 치러야 할 테니 말이다.

"이제 큰 이모의 부탁도 끝냈으니 돌아가자. 우리도 준비를 해야 할 것 같으니 말이야."

"큰 이모가 곧 오실 텐데?"

"이해하실 거야."

"알았다."

우리가 한 일이라고는 대적자들을 이곳 제주도로 공간 이동시킨 것뿐이다.

지금은 급한 상황이라 우리를 불렀지만 이모들의 계획에는 우리가 할 일이 없는 것이 분명하다.

우리가 해줘야 할 일이 있었다면 계획을 말해주었을 테니 말이다.

이모들이 준비하고 있는 것은 대적자를 성장시켜 지구 대차원을 위협하는 자들을 상대하는 것일 것이다.

그 계획 안에 역할이 없는 것이 분명하니 우리는 우리가 해야할 일을 하면 되는 것이다.

곧장 공간 이동을 해 삼환문으로 돌아왔다.

대변혁에 준하는 일이 세상에 벌어져 삼환문에 대한 관심이 줄어들었으니 본격적으로 움직여야 할 때다.

각성한 능력을 관조하며 자신의 것으로 만드는 일에 매진하던 문도들이 어느 정도 성과를 보이고 있었기에 전부 강당에 모이도록 했다.

이제 같은 길을 걸어야 하는 터라 새로 문도로 받아들인 이들에게 아버지가 남긴 비밀 공간에서 얻은 전투 슈트를 주었다.

문도들에게 준 전투 슈트에 장착된 에고에는 스페이스나 현무의 손길이 전혀 닿지 않았다.

내 의지로 생성시키고, 문도들의 의지와 연결을 시켰다.

이제 2차 각성을 한 터라 스스로에게 맞는 에고로 활성화시킬 수 있었기에 전투 슈트를 가지고 있는 한 위험한 일은 별로 없을 것이다.

삼환문의 모든 것이라고 할 수 있는 기본적인 과정은 다 배웠기에 이제 숙달만 시키면 되는 터라 모두를 비밀 기지로 이동을 시켰다.

이제부터는 스스로의 힘으로 갈고 닦아 성취를 높이는 것만 남아 있기도 했지만, 스페이스와 에고와 접촉할 우려가 있어서였다.

아리에게 전투 슈트를 주었다.

나처럼 신체와 융합하는 형태가 아니라 아공간에 있다가 의지가 일면 착용이 되는 것이었다.

아리도 자신의 의지로 에고를 생성시킬 수 있었기에 내가 관여하지는 않았다.

해결사들을 제외하고 전투 슈트를 가지고 있는 이들 중 빌딩에 남은 이는 두 형과 현화, 오인방, 그리고 인천에 있다가 내 부름 받고 온 사형과 사질, 장호뿐이다.

이들만 남도록 한 것은 스페이스가 관여한 전투 슈트의 에고 들을 변환시키기 위해서다.

스페이스의 손길이 스며든 것이라 에고를 지우고, 내 의지와 연결시켜 새로운 에고를 장착하기로 한 것이다.

사람들이 모두 모였을 때 내 의지로 방벽을 세우고 세상의 모든 것과 차단을 시켰다.

스페이스와 현무는 지금 암흑 대차원이 침식이 어느 정도 진행이 됐는지 지구 밖의 차원들을 살피고 있는 중이다.

아직까지 지구에 신경을 쓰지 않고 있으니 최대한 빨리 손을 쓰는 것이 만약을 위해서 좋았다.

"아리는 호법을 서줘."

"알았어요."

"전투 슈트를 착용한 후에 지정된 자리에 앉아서 가부좌를 틀고 심법을 운용하도록 해."

"알겠습니다, 장문인."

아무런 설명도 없이 일정한 순서에 따라 자리를 배치하고, 전투 슈트를 착용한 후 삼환명심법을 운용하도록 했지만, 묻지도 않고 그대로 따르는 문도들을 보면서 삼환제령인을 끌어 올렸다.

생각이 일자 착용하고 있는 전투 슈트에 담긴 기존의 에고는 모두 지워지고 내 의지로 만들어진 에고가 자리를 잡았다.

─ 지금부터 잘 들어. 나는 특별한 에고를 가지고 있어. 이름이 스페이스인데…….

에고를 활성화시킨 후에 그동안 있었던 일들을 전부 설명을 해주었다.

스페이스와 현무의 존재는 물론이고, 샴발라에 들어갔을 때 내가 겪은 일들과 의문점까지 모두 들려주자 다들 심각한 표정이 되었다.

─ 우리가 어떻게 하는 것이 좋을 거 같아? 궁금한 것이 있으면 텔레파시로 물어봐.

─ 성찬아, 상황이 확실히 파악이 될 때까지 준비를 해야 하는 것이 맞는 것 같다. 초월적인 존재들이 얽혀 있어 누가 아군인지, 적군인지 알 수 없으니 말이야.

─ 역시, 그렇겠지.

─ 그나저나 그 정도의 에고라면 우리 움직임을 금방 알아차릴 거다.

─ 그렇겠지. 하지만 상관없어. 이제부터는 나도 에고를 만들 줄 안다는 것을 알릴 필요가 있으니 말이야.

─ 경계심을 가지게 될 텐데?

─ 능력이 안정돼서 시험을 해봤다면 당분간은 문제가 없을

거야. 혹시라도 내가 의심을 하고 있다는 것이 알려지면 결판을
낼 생각이기도 하고.

— 문제없겠냐?

— 걱정하지 마.

짐작이기는 하지만 스페이스와 현무가 단순히 내 명령 때문
에 대차원의 변화를 확인하기 위해 지구의 경계를 벗어난 게 아
닐 것이다.

서로가 연동을 하면서 실체적인 힘을 지니게 됐고, 그것을 강
화하기 위해 내가 그런 명령을 내리도록 유도했던 것 같았다.

어떤 의도를 가지고 자신들의 힘을 강화하는지는 모르겠지만
걱정하지 않는다.

소영이를 데려오기 전에 내가 소멸시킨 존재를 통해 필요한
정보는 대부분 얻었으니 말이다.

— 그나저나 이모들을 도와야 하는 것 아니냐?

— 우리가 나설 일은 없을 것 같아, 근호 형.

— 암흑 대차원으로 넘어간 존재들이 남겨둔 존재들이라고는
하지만 만만치 않을 텐데?

— 작은 이모는 만나지 못했지만 큰 이모를 봤을 때 느낀 것
이 하나 있어.

— 뭔데?

— 큰 이모가 가지고 있는 힘이 아주 엄청나. 지금의 나라고

해도 큰 이모를 겨우 상대할 수 있을 정도니 말이야.

— 그 정도야? 어째서 나는 느끼지 못했던 거지?

2차 각성을 끝낸 근호 형은 거의 S급 진성 능력자와 맞먹는 힘과 격을 지녔음에도 큰 이모의 힘을 느끼지 못했다는 것이 의문인 모양이다.

— 큰 이모가 가지고 있는 힘은 우리가 가지고 있는 것과는 차원이 다른 종류야. 일반적인 에너지와는 성질이 전혀 다른 것을 사용하니 나도 파악하기가 힘들어.

— 우리가 사용하는 것과 다르다고?

— 그래, 근호 형. 우리가 사용하는 것은 세상의 기반이 되는 에너지지만, 큰 이모가 사용하는 것은 스스로 만들어내는 것이야. 일종의 의지의 힘이라고 할 수 있지.

— 으음, 큰 이모가 신이라고 되는 거냐?

— 스스로 에너지를 창조해 권능을 부릴 수 있는 분이니 그렇다고도 할 수 있어.

— 저, 정말이냐?

한 번 던져본 말인 것 같은데, 내가 그렇다고 하자 다들 놀란 눈치다.

— 그래. 다들 의문이 들겠지만 내 생각에 큰 이모는 남겨진 흔적이 아니라 스스로 생긴 초월적인 존재, 그 자체일 가능성이 커. 어쩌면 차원 씨앗을 발아시킨 존재일 수도 있고 말이야.

─ 무슨 말인지 알겠다. 샴발라에 봉인되었던 아홉 존재 중 하나일 가능성이 있다는 거구나.

─ 맞아, 성진이 형. 그 아홉 존재에게 남아 있던 것은 지구 대차원에 속한 차원들에 대한 정보와 숨겨진 의지뿐이었어. 본체의 흔적은 물론, 창조주가 주었다는 차원 씨앗은 찾아볼 수 없었고 말이야. 차원 씨앗을 지닌 존재가 그리 흔한 것은 아니니 의심을 해볼 만해.

─ 으음.

지금까지 얻은 정보라면 차원 씨앗은 창조주라도 함부로 할 수 없는 것이다.

차원 씨앗을 발아시켜 초월자가 된 존재들을 소멸시킬 수가 없었던 것을 보면 틀림없다.

발아하는 순간 새로운 세상이 태동된 것이나 마찬가지이니 그럴 만도 하다.

그런데 샴발라에는 아홉 존재가 남긴 정보만 있었다.

본체의 흔적도, 차원 씨앗도 없었다.

아홉 존재는 봉인되어 있는 것이 아니라 어디선가 움직이고 있는 것이 분명했다.

─ 내가 생각하기에는 이면에서 흐르는 거대한 암류 뒤에는 그 존재들이 있을 것 같아. 그러니 우리는 전력을 키울 준비를 해야만 해. 스스로 에너지를 생성시켜 권능을 발휘하는 존재들

을 상대하려면 말이야.

— 무슨 말인지 알았다. 하지만 우리가 성장한다고 해도 그런 존재들을 상대할 수 있을까?

— 근호 형, 차원 씨앗은 다른 것이 아니야. 스스로의 생각을 오롯이 세운 의지가 바로 차원 씨앗이야. 차원 씨앗은 창조주가 부여하기도 하지만, 스스로 생겨나기도 해.

— 스스로 생겨나?

— 인간은 창조주의 모습대로 탄생한 존재야. 창조주도 스스로 차원 씨앗을 발아시켜 키운 존재고 말이야. 대변혁이 일어난 후 사람들이 본성을 깨닫고 이제는 2차 각성을 했어. 그것이 뭐라고 생각해?

— 스스로 차원 씨앗을 생성해 내는 과정이라는 거냐?

— 맞아. 다들 알겠지만 우리는 다른 사람들과는 달라. 현재 다른 사람들이 능력자나 대적자로 각성을 했지만, 우린 그 어떤 제약도 없이 각성을 했어.

— 그렇기는 하다만…….

근호 형은 말끝을 흐렸지만 아리와 현화는 뭔가를 알아차린 모양인지 눈을 동그랗게 뜬다.

— 장문인, 제약이 없다는 것은 우리가 이미 차원 씨앗을 발아시켰다는 건가요?

현화의 말에 고개를 끄덕였다.

게임 시스템처럼 자신의 한계를 알게 하는 것도 아니고, 초월자와 맞서기 위해 대적자로 선택이 된 것도 아니다.

게임 시스템처럼 각성한 이들은 차원 씨앗을 품기 위한 준비 과정에 들어간 것이고, 대적자로 선택된 이들은 그런 이들을 보호하기 위해 각성한 것이다.

하지만 본성이 가진 가능성을 확장해 각성을 한 우리들은 다르다.

이미 스스로 차원 씨앗이 발아시킨 상태인 것이다.

— 이제 자신이 가진 차원 씨앗을 얼마나 성장시켜야 하느냐만 남았어.

— 어떻게 성장시키는 것이냐?

— 성진이 형, 아주 간단해. 차원 씨앗을 성장시키려면 차원력을 쌓으면 돼.

— 우리가 배운 그 차원력 말이냐?

— 맞아. 차원통제사가 돼서 차원을 넘나들며 다른 차원의 존재들과 부딪쳐 제거하게 되면 쌓이는 그 차원력이 맞아. 그러니 우리는 지금부터 전력을 키워 암흑 대차원과 관련된 존재들을 상대하면 되는 거야.

— 무슨 말인지 알겠다.

— 일단은 마도 네트워크에 주목을 해야 돼.

— 마도 네트워크?

— 그래. 아무리 생각을 해봐도 마도 네트워크는 지구 대차 원이나 암흑 대차원을 만들어낸 창조주가 만든 것이 아닌 것 같으니 말이야.

— 장문인, 두 대차원의 창조주가 만든 것이 아니라는 말인가요?

— 스킨 패널을 통해 한번 접속해 봐. 내 말이 무슨 뜻인지 알 테니까 말이야.

각자 스킨 패널을 통해 마도 네트워크에 접속을 하는지 지그시 눈을 감는다.

눈가가 희미하게 떨리는 것을 보니 알아차렸나 보다.

지금까지 접해왔던 지구 대차원이나 암흑 대차원과는 전혀 다른 에너지가 느껴졌을 테니 말이다.

— 이건 완전히 다르군.

— 어떻게 이런 에너지가…….

다른 놀라며 나를 바라본다.

— 그래. 마도 네트워크에 잠재된 에너지는 지구 대차원이나 암흑 대차원의 것과는 성질이 전혀 달라. 현화가 그쪽 계통에 대해 잘 아니까 주의 깊게 살펴봐 줘.

— 알았어요.

— 마도 네트워크에 흐르는 에너지를 느껴봐서 알겠지만 지구 대차원의 창조주가 암흑 대차원으로 넘어간 이유가 아무래

도 세상을 진화시키기 위해서인 것 같아. 두 대차원의 에너지를 모두 포함하는 새로운 에너지가 마도 네트워크에 존재하고 있으니 말이야.

— 그런 것 같아요. 장문인, 그럼 문도들을 비밀 기지로 보낸 것도…….

— 맞아. 그들에게 마력 코인을 선물했어. 코인이 새로운 에너지를 얻을 수 있는 열쇠인 것 같아서 말이야.

차원통제사가 차원을 넘어 자신이 힘을 온전하게 쓰려면 마력 코인이 필요하다.

기반이 다른 에너지를 치환하는 역할을 마력 코인으로 대체할 수 있기 때문이었다.

어떻게 그런 역할을 할 수 있는지 전에는 몰랐지만, 지금은 알 수 있을 것이다.

마력 코인에는 지구 대차원은 물론이고, 암흑 대차원의 에너지들이 가지는 특성을 모두 포함하는 에너지를 품고 있으니 말이다.

— 우리가 준비해야 할 것은 마도 네트워크와 마력 코인을 통해 다른 이들과는 다른 권능과 힘을 얻는 거야. 그러니 당분간 상황이 파악될 때까지는 다들 수련에 힘을 써줘.

— 그러면 해결사들을 어떻게 하는 것이 좋을까요?

진성 각성자들은 이번 대변혁에서 어떻게 변했는지 아직 확인이 되지 않았지만, 유물 각성자들은 어느 정도 파악이 되었다.

특이하게도 대변혁 당시에 모든 사람들이 1차 각성을 통해 본성을 알게 된 것처럼 자신들이 가진 유물의 의지가 가지는 본성을 알게 된 것이다.

차원 씨앗을 발아시킨 것은 아니지만, 유물의 의지가 가지는 진짜 힘을 각성한 상태라 조치가 필요했다.

— 염려할 것 없어. 그들도 마도 네트워크를 통해 강해질 테니까 말이야.

— 해결사들도 마력 코인의 에너지를 받아들일 수 있는 건가요?

— 충분히 가능해. 차원 씨앗을 생성하는 것은 불가능하겠지만, 충분히 제 역할을 할 거야. 마력 코인에 담긴 에너지를 흡수하게 되면 유물의 의지가 가지는 권능을 온전하게 발휘할 수 있을 테니까 말이야.

— 삼환문의 전위로서 활동해도 충분하겠네요.

— 그래. 전위 역할을 하겠지만 정식 문도들이니 신경을 써줘야 할 거야. 세상은 초월자들만으로 유지되는 것만이 아니니 말이야.

— 무슨 말인지 알겠어요, 장문인.

— 자, 이제 전부 비밀 기지로 가도록 해. 나는 이제 스페이

스와 현무를 맞이해야 하니까 말이야.

— 괜찮겠냐?

— 걱정하지 마, 형.

성진이 형이 걱정하는 이유를 알지만 위험할 일은 없다고 생각한다.

스페이스와 현무는 내가 필요할 테니 말이다.

다들 공간 이동을 통해 비밀 기지로 갔고, 마지막으로 남은 아리가 걱정스러운 눈빛으로 나를 바라본다.

— 조심해요.

— 알았어. 걱정하지 말고.

— 믿을게요.

팟!

애써 웃는 얼굴을 보여주며 아리가 공간 이동을 했다.

사람들을 전부 비밀 기지로 보냈고, 난 다른 차원에서 돌아올 스페이스와 현무를 맞이할 준비를 해야 할 시간이다.

그리 거창한 준비는 아니다.

그저 명상을 하며 삼환제령인의 다섯 번째 단계를 음미하는 시간을 가지면 되니 말이다.

차원 씨앗이 발아하며 대변혁과 동시에 태어났다는 말이 무슨 뜻인지 알 수 있었다.

내가 깨달은 본성은 심연의 심안이다.

심연의 심안이 가지는 능력을 태어날 때부터 활용할 수 있었다.

사람들의 본성을 볼 수는 없었지만 느낄 수 있었고, 사물의 본질을 파악할 수 있었던 것을 보면 나에게서 발아한 차원 씨앗은 본질을 통해 세계를 구축하는 것일 것이다.

내 의식은 아홉 개로 분할되었다가 다시 합쳐지며 거대한 의지를 품게 되었다.

심연의 심안으로도 들여다볼 수 없는 거대하고도 깊은 의식의 집합체로 변화한 의지다.

샴발라에서 2차 각성을 하지는 않았지만 그런 것과는 비교도 할 수 없을 만큼 커다란 진전을 이루었다는 건 분명하다.

아직 세계를 구축하는 방법은 아직 모르겠지만, 완전해진 삼환제령인을 통해 심연의 심안을 사용하다 보면 알 수 있을 것 같은 생각이 든다.

'후후, 시간이 지나면 알게 되겠지.'

심연의 심안을 가지게 된 것이 누군가의 안배인지, 아니면 내 스스로 차원 씨앗을 생성하고 발아시켜 얻은 것인지 모르지만 시간이 해결해 줄 문제다.

그것보다는 다른 문제가 컸다.

'스페이스와 현무를 다시 보게 되면 확실히 알 수 있을 것이다.'

창조주와 창조주의 의지가 만든 에고들이 진화를 했다.

자신들의 주인이라고 할 수 있는 나와 아리에게도 알리지 않은 채 비밀리에 말이다.

원하던 것을 얻었으니 정체를 드러낼지도 모르지만 확실한 것은 아니다.

스페이스와 현무가 다른 의도가 없었으면 하는 것이 바람이다.

생각하고 싶지 않지만 내가 생각하는 것이 맞는다면 인류에게는 재앙이 될 테니 말이다.

'돌아왔나?'

의식을 따라 강렬한 존재감이 느껴지는 것을 보니 돌아오는 모양이다.

— 마스터.

— 왔어? 지구 밖은 어때?

— 차원 경계를 막고 있는 배리어가 사라진 탓인지, 다른 차원의 존재들이 침입하기 시작한 것 같습니다.

— 으음, 지구 대차원에서 사는 존재들이 성장하는 데 시간이 필요한데……. 큰일이군.

— 마스터께서 가지고 있는 자원이라면 지구 정도는 배리어를 칠 수 있습니다. 얼마 버티지는 못하겠지만 어느 정도는 시간을 벌 수 있을 겁니다.

— 스페이스, 시간을 번다고 해결될 일은 아닐 것 같아. 그보다는 물어볼 것이 있어.

— 제게 말입니까?

— 그래.

— 말씀하십시오.

— 현무와 지구 밖으로 나가서 뭘 한 거지?

— 으음.

신음을 내뱉는다.

스페이스가 이렇게 말문이 막힌 것은 처음이다.

— 현무와 지구 밖으로 나간 후에 진화한 것을 알고 있어. 내게 종속된 존재라면 이제 진짜 진실을 이야기해 줘야 하는 것 아니야?

— 어느 정도 짐작하고 계실 거라 생각했지만, 이렇게 빨리 아시게 될 줄은 몰랐습니다.

— 그래, 말해봐.

— 아직은 때가 아닙니다.

— 좋아. 그러면 나는 누구지?

비밀 기지로 보낸 사람들에게 이야기를 한 것처럼 스페이스와 현무를 상대하기 위해 이곳에 남은 것이 아니다.

내가 제일 궁금했던 것은 스페이스와 현무의 정체가 아니라 바로 내가 누구인가에 대해서였다.

스페이스는 내가 차원 씨앗을 발아시킨 채 태어났다고 했지만 지금까지 확인한 정보로는 믿을 수 있는 이야기가 아니다.

아무리 차원 씨앗을 발아시켰다고 해도 내 본성인 심연의 심안이라는 것은 창조주가 아니고는 절대 가질 수 없는 불가사의한 영역의 것이니 말이다.

능력이 미치지 못해 완벽하게 이해할 수 없는 것이지만 삼환제령인이 다섯 번째 단계에 오르고 나니 심연의 심안이 어떤 것이라는 것을 알 수 있었다.

심연의 심안은 세상 만물을 꿰뚫어 볼 수 있는 권능이다.

삼환제령인을 완성한 후 심연의 심안이 세계를 완벽하게 구축한 자만이 지닐 수 있다는 것을 깨달을 수 있었기에 궁금한 것이다.

내가 어떤 존재이기에 그런 능력을 지닌 채 태어났는지 말이다.

─ 마도 네트워크를 확인하신 겁니까?

─ 마력 코인이 알 수 없는 에너지를 담고 있더군. 그리고 나는 그것을 마음대로 다룰 수 있고 말이야.

─ 이미 새로운 차원의 에너지에 적응을 시작하신 모양이군요.

─ 그렇다고 봐야겠지.

─ 그렇다면 말씀을 드려야 할 것 같습니다. 당신의 정체가

무엇인지 말입니다.

— 그래, 말해봐. 내가 누구인지 말이야.

— 당신은 지구 대차원과 암흑 대차원의 창조주들에게 새로운 대차원의 관리자로 선택된 분이십니다.

— 내가 아버지와 큰아버지로 알고 있는 존재들인가?

— 그렇습니다.

— 그럼 너희들은 뭐지?

— 저희는 두 창조주들의 잔재 사념들로 당신을 보좌하기 위해 남겨진 존재들입니다.

— 알았어. 그러면 지구 밖으로 나가서 뭘 한 거지?

— 당신을 시험하기 위한 준비를 했습니다.

— 나를 시험하기 위한 준비라……. 대차원을 주관할 창조주로 적합한지 알아보기 위해서였군.

— 그렇습니다. 이미 여러 번 실패를 경험한 터라 어쩔 수 없는 조치였습니다.

— 좋아. 그러면 어떤 것이 진실이지? 너와 현무가 내게 넘긴 정보와 샴발라에서 얻는 정보들이 너무 다르니 말이야.

— 샴발라에서 얻은 정보라니 무슨 말씀이십니까?

— 거기서 봉인된 아홉 존재들이 남긴 잔재를 봤어. 그리고 그들이 남긴 정보를 얻었다. 그리고 다른 경로로 너희들이 내게 전한 것과는 조금 다른 정보를 얻기도 했지. 도대체 뭐가 진실

이지?

─ 으음…….

내가 정곡을 찌른 모양이다.

─ 대변혁이 일어나기 전에 이미 지구 대차원과 암흑 대차원
의 창조주는 대부분의 힘을 잃었습니다.

─ 그게 무슨 소리지?

─ 새로운 차원으로 만들기를 바라며 차원 씨앗을 발아시킨
존재들을 성장시켰지만 창조주들의 염원을 외면한 그들이 차원
력을 흡수했기 때문이었습니다.

─ 새로운 차원을 구축하는 것이 아니라 양분을 빨아먹듯 자
신의 차원에서 차원력을 흡수한 모양이군.

─ 그렇습니다. 본래의 의미를 잃어버린 차원 씨앗은 변질됐
고, 지구 대차원과 암흑 대차원을 좀 먹으며 파멸로 치달았습니
다. 결국 두 대차원의 창조주들은 최후의 계획을 진행시키기에
이릅니다.

─ 최후의 계획?

─ 본래 두 대차원은 차원을 관통하는 인과율에 따라 상극이
기도 하지만 평행하기도 합니다. 생성에서 소멸로 이어지는 연
계된 대차원이라고 할 수 있습니다.

─ 최후의 계획은 말하지 않고 연계된 대차원이라니? 왜 지
금 이야기를 하는 거지?

최후의 계획이라고 하더니 대차원에 대해 설명을 하니 이상한 일이었다.

   — 마스터께서 대차원이 무엇인지 정확히 아셔야 최후의 계획에 대해 이해를 하실 것이기에 먼저 설명을 드리는 겁니다.

   — 그래, 설명해 봐.

   이번에는 어떤 설명일지 기대가 된다.

   대차원에 대해 내가 모르는 것이 있는 것이 분명하니까 말이다.

제 7 장

잠시 침묵하던 스페이스는 설명을 이어나갔고, 그것은 나에게 무척이나 놀라운 이야기였다.

— 지구 대차원의 차원력이 극으로 치달아 혼돈 상태인 카오스로 변하게 되면 그 반발력으로 인해 암흑 대차원은 질서를 유지하는 상태인 코스모스 상태가 됩니다.

— 무슨 말이지?

— 지구 대차원과 암흑 대차원은 진정한 의미의 평행 대차원입니다. 지구 대차원이 혼돈 상태로 빠져들면 암흑 대차원의 에너지도 같이 끌려 들어가 에너지가 안정을 찾게 됩니다.

— 암흑 대차원과 지구 대차원이 완전히 바뀌게 되는 건가?

― 맞습니다. 암흑 대차원이 차원력이 극점에 도달하면 같은 현상이 발생하게 됩니다.

― 왜 그런 거지?

― 대차원이 성장하는 과정입니다. 대차원은 그렇게 커다란 순환계하에서 성장을 하며 점점 더 커지게 되는 것이 우주의 가장 큰 법칙입니다.

― 도대체 모르겠군.

― 그렇게 순환하는 동안 발생한 잉여 에너지는 차원 씨앗으로 생성이 됩니다. 그리고 차원 씨앗을 품어 발아시킨 존재들이 성장을 하게 되면 새로운 차원을 구축하게 되고 대차원이 점점 커지게 됩니다.

― 무슨 말인지 알았어. 그럼 전에 말했던 평행 대차원은 뭐지?

― 차원 씨앗을 발아시킨 존재들 중 다 성장하지 못한 초월자들 사이에서 대차원의 비밀을 엿본 이들이 있었습니다. 그들은 살아남기 위해 차원을 구축하는 것이 아니라, 순환 주기가 오는 것을 알고 대차원을 붕괴시키려 했습니다. 평행 대차원은 그렇게 폭주한 초월자들을 속이기 위한 장치였습니다.

― 속이기 위한 장치라고?

― 예, 마스터. 희생을 감수하며 만들어진 평행 대차원이 붕괴되어 자신들의 목표를 이루었다고 착각하게 만들기 위해서였

습니다. 두 창조주들이 그렇게 한 이유는 대차원의 순환 주기가 늦춰졌다고 생각하게 만들어 그들이 잉여 에너지를 흡수하기를 바랐기 때문입니다.

— 차원 씨앗을 만들 수 있는 잉여 에너지를 흡수하도록 만들기 위해서였다고?

— 잉여 에너지를 어느 것에도 속하지 않기에 초월자를 가장 많이 성장시키지만 흡수하기 위해서는 스스로를 봉인해야 합니다. 그들은 인과율이 정한 법칙을 벗어난 차원을 만들려 했기 때문에 희생을 감수하는 일이었지만, 시간을 벌기 위해서는 어쩔 수 없는 선택이었습니다.

— 그들이 어떤 차원을 만들려고 했는데?

— 지구 대차원과 암흑 대차원의 에너지를 흡수해 끊임없이 성장하는 차원을 만드는 것이 그들의 목표였습니다.

— 으음.

차원 씨앗을 발아시킨 존재들은 차원을 구축하는 것이 사명이라고 할 수 있는데, 그래서는 안 된다는 것이 이해가 가지 않았다.

— 그래서는 안 되는 건가?

— 지구 대차원과 암흑 대차원만이 세상의 전부는 아닙니다. 거대한 우주 안에서 점 하나도 되지 않는 미미한 티끌이 바로 대차원이니 말입니다. 끊임없이 성장하는 차원은 암세포나 마

찬가지입니다. 끊임없이 성장하다가 끝내 온 우주를 소멸시키고 말 겁니다.

— 다른 대차원들이 수도 없이 있다는 말이군.

— 그렇습니다. 지구 대차원이 암흑 대차원에 속하는 인류의 삶은 차원 시간으로 볼 때 찰나에 지나지 않습니다. 대차원의 생멸도 거시적인 우주의 입장에서 보면 찰나에 지나지 않고 말입니다. 섭리를 벗어나 끊임없이 성장만 한다면 우주의 모든 법칙 붕괴됩니다.

— 차원 씨앗을 발아시킨 존재들이 인과율인 생멸을 부정하고, 그것을 벗어난 차원을 만들려 했던 거로군. 그렇지만 그건 모든 것을 소멸시키는 것이고.

— 그렇습니다. 그렇게 되면 당신들의 염원이 만든 대차원들은 영원히 소멸되어 버리니 창조주들도 선택의 여지가 없었습니다.

— 두 창조주가 세운 최후의 계획은 뭐지?

— 자신들을 희생해 우주의 절대 의지와 연결된 존재를 탄생시키는 것이었습니다. 그것만이 우주의 절대 의지가 정한 법칙 안으로 다시 돌아갈 수 있는 유일한 방법이었기 때문입니다.

— 으음…….

우주의 절대 의지와 연결된 존재라는 것이 누구인지 알 것 같다.

— 그게 바로 난가?

— 그렇습니다. 심연의 심안은 본래 절대 의지의 파편이고, 인과율을 이끄는 길을 볼 수 있는 권능입니다. 그리고 지구 대차원과 암흑 대차원을 연결하는 마도 네크워크 조종할 수 있는 권능이기도 합니다.

— 무슨 말인지 알았어. 그러니까 내가 지구 대차원의 순환계를 정상으로 되돌릴 존재로 선택을 받은 거로군.

— 그렇습니다.

— 그런데 내가 얻은 아홉 존재들의 정보를 보면 그들은 나에게 아주 우호적이었는데, 어째서 그렇지?

— 그것은 마스터께서 절대 의지와 연결된 존재이기 때문입니다. 지구 대차원과 암흑 대차원을 유지하는 순환계 또한 온 우주를 지배하는 절대 의지에 의해 만들어진 것입니다. 마스터께서 가지신 권능은 절대 의지를 이어받은 것이기에 원하시는 뜻에 따라 순환계를 다시 설정할 수 있습니다.

— 으음, 그렇군.

복잡하기 그지없지만 어찌 보면 간단하다.

차원 씨앗을 발아시켜 초월자들이 되어 반기를 든 자들도 그렇고, 자신을 희생해 나를 탄생시킨 대차원의 창조주들도 나름대로 목적을 가지고 안배를 남겼다.

하지만 내가 가진 권능은 그들이 가지고 있는 목적을 무시하고 순환계를 다시 세팅할 수 있으니 호의적일 수밖에 없는 것이다.

내가 배제하고자 한다면 새로 만들어질 순환계에서 영원히 소멸되어 버릴 수도 있으니 말이다.

— 그럼 어떻게 하면 좋을까?

— 최후의 비밀을 아셨으니, 어떤 선택이든 마스터의 뜻대로 하시면 됩니다.

삼환제령인이 완성되며 심연의 심안의 진짜 힘을 조금이나마 엿볼 수 있어 스페이스의 말이 진실이라는 것을 알 수 있었다.

— 알았어. 그러면 지금 상황이 어떤지 한번 말해봐.

— 머지않아 암흑 대차원의 초월자들과 지구 대차원에서 건너간 암흑의 초월자들이 침공하기 시작할 겁니다. 지구 대차원과는 달리 그들은 평행 대차원의 진실을 알고 스스로를 봉인하지 않으니 일단 그들부터 막아야 합니다. 그들은 파괴를 통해 다른 순환계를 만들려고 하니 말입니다.

— 쉽지는 않겠군. 내 권능이 아직 완성이 되지 않았으니 말이야.

— 조심하셔야 할 겁니다.

조심하라는 것은 암흑 대차원에서 넘어올 초월자를 상대하기에는 한참 부족하다는 뜻이다.

삼환제령인의 완성은 심연의 심안이 가진 진짜 권능을 발휘하기 위한 기반을 닦은 것뿐이다.

초월적인 존재를 상대하기 위해서는 심연의 심안이 가진 권능을 완전히 내 것으로 만들어야 한다.

절대 의지가 개입한 마도 네트워크를 원활하게 조종하기 위해서도 필요한 일이었다.

— 그런데 너희들은 지구 밖으로 나가 뭘 한 거지? 진화를 위해서만 지구 밖으로 나간 것이 아닐 테니 말이야.

— 저희에게 맡겨진 마지막 작업을 했습니다.

— 마지막 작업?

— 지구 대차원과 암흑 대차원에 각각 독립해서 존재하는 마도 네트워크를 연결시키는 것이었습니다.

— 두 대차원 간의 경계가 사라져서 연결을 시킬 수 있었던 모양이군?

— 그렇습니다.

— 좋아. 그러면 마지막으로 한 가지만 더 물어보자.

— 말씀하십시오.

— 모든 것이 끝나면 너희들은 어떻게 되는 거지?

— 마스터에 의해 순환계가 고쳐지고 나면 저희들을 사라지게 될 겁니다. 그리고 실패하게 돼도 마찬가지입니다. 인과율에 따라 소멸될 테니 말입니다.

— 성공해도 사라진다고?

— 그렇습니다. 마스터께서 새로운 순환계를 완성해 안정을 이루게 되면 저희들은 존재의 의의를 잃어버립니다.

— 으음.

— 그렇게 소멸을 맞이하는 것이 창조주들이 저희들에게 세팅한 로드맵입니다.

— 계획이 성공하기 전까지는 정보를 얻을 수 있겠군?

— 현무와 함께 최선을 다해 제공해 드리겠습니다.

— 알았다. 일단 암흑의 초월자들이 지구 대차원에 남긴 잔당들을 찾아라. 그들을 처리하는 것이 제일 급선무니까.

— 예, 마스터.

대답과 함께 스페이스와 연결이 끊어졌다.

얼마 전까지 항상 연결이 되어 있었는데, 이제는 내가 분리하지 않아도 알아서 끊은 것을 보면 필요한 정보만 제공할 뿐, 더 이상 간섭을 할 생각은 없는 것 같다.

'가장 염려스러웠던 부분이 해결되었으니 다행이다. 이제 위험 요소들만 처리하면 된다.'

심연의 심안으로 스페이스가 나에게 말한 것들이 진실이라는 것을 알았기에 어느 정도 안심이 되었다.

권능을 완전히 내 것으로 만들지 못해 초월자들을 상대하는 것이 어렵겠지만, 충분히 도전해 볼 만한 일이다.

'위험 요소들을 찾는 것을 스페이스나 현무에게만 맡길 일이

아니다. 양자컴퓨터가 완전히 활성화되어 이제 상황실도 온전히 돌아갈 테니 본격적으로 움직여 보자.'

문도들이 각성한 능력을 자신의 것으로 갈무리하는 동안 두 에고와는 별도로 현화와 함께 암흑의 초월자들이 남긴 흔적들을 찾기로 했다.

제거할 수 있으면 제거하고, 그렇지 않으면 정보라도 얻을 생각이다.

내가 심연의 심안으로 엿본 스페이스의 진심이 진실이라고 해도 아직은 완전히 믿을 수 없는 일이기 때문이다.

곧장 비밀 기지로 공간 이동을 했다.

대변혁이 일어날 당시 사람들은 세상이 바뀌었다는 것을 대부분 실감하지 못했다.

차원이 연결이 되어 다른 차원과의 무역이 시작되었어도 비밀리에 진행이 되었다. 각성자들도 정부의 통제하에 특별한 일들만 해왔기에 세상이 변했다는 것을 잘 느끼지 못했지만, 지금은 달랐다.

일반 사람들에게 상태창이 보이기 시작하고 누구나 능력을 가지게 됐다는 사실을 인지하면서 자신들의 삶에 실제로 다가

왔기 때문이다.

위험스러울 정도로 강력한 것은 아니었지만, 실제로 능력을 발휘하게 되자 그것을 촬영해 동영상 사이트에 올리거나, 그런 능력자들이 매체를 통해 연신 방송이 되자 사람들이 체감하는 속도가 점점 더 빨라지고 있었다.

사람들은 이번 변화를 2차 대변혁이라 불렀다.

엄청난 변화가 시작 됐음에도 불구하고 능력을 사용해 범죄를 저지르는 일은 그렇게 많이 일어나지 않았다.

각국 정부가 대변혁 이후 나타난 능력자들에 대해 관리 체계를 구축하고 전담 조직이 있어 범죄가 일어나도 빠르게 처리를 했을 뿐만 아니라, 2차 대변혁이라고 일컬어지는 이번 변화로 인해 각성한 능력들의 위력이 그다지 높지 않은 영향도 컸다.

이 와중에 제일 혼란에 빠진 곳은 의외로 정부였다.

특별한 계기로 각성한 후 능력을 얻은 이들에 대한 관리 체계는 구축이 되어 있지만, 전 인류가 각성해 능력자가 된 상황이라 어떻게 대처를 해야 할지 갈피를 잡지 못하고 있었기 때문이다.

기존 전담 조직으로는 능력자를 관리하는 것이 불가능했을 뿐만 아니라, 각종 법체계도 미비해 신속한 대책 수립이 필요하다는 여론이 팽배한 가운데 정부 각 부처가 바쁜 나날을 보내고 있었다.

그 어떤 나라보다 능력자에 대한 관리 체계가 탁월한 대한민국 정부도 2차 대변혁 이후 대처 방안을 마련하느라 바쁜 나날을 보냈다.

각 부처의 의견이 종합된 보고서 만들어진 것은 새로운 변화가 시작된 지 5일 만이었다.

대책이 마련되자 청와대로 들어간 행정안전부 장관은 이번에 마련된 보고서에 대한 내용을 대통령에게 보고한 후 최종 결재를 기다렸다.

"그러니까 군에 있는 능력자들을 예편시킨 후 이번에 신설된 능력자 관리 조직에 흡수하는 것이 최선의 방안이라는 말이오?"

행정안전부장관의 보고를 들은 김재인 대통령이 물었다.

"그렇습니다. 그리고 현재 몇 개 대학에 개설되어 있는 차원정보학과를 전수 설치하고, 교육과정 전반에 걸쳐 능력자 육성 매뉴얼을 적용시키는 것이 좋을 것 같습니다."

"학생들이야 그렇게 교육한다 치고, 성인들은 어떻게 할 생각입니까?"

"주민 센터에 강사들을 파견해 교육을 실시할 계획입니다."

"전 국민이 대상인 만큼 강사들을 수급하는 것이 힘들지도 모를 텐데, 어쩔 생각입니까?"

"군이나 정부 부처에 속해 있는 능력자들뿐만 아니라 등록되지 않은 능력자 조직들의 도움을 받아 강사들을 조달할 계획입니다."

"대충은 윤곽이 잡힌 것 같습니다. 이렇게 하면 문제는 없겠습니까?"

"기초 과정 교육은 일단 전부 실시할 수 있지만, 스킨 패널이 문제입니다."

"스킨 패널이 부족해요?

관리를 위해서도 그렇고 각성한 능력을 성장시키려면 마도 네트워크에 등록해야 하지만 스킨 패널이 필요하다는 것을 알고 있기에 김재인 대통령이 물었다.

"스킨 패널을 만들려면 마도 금속들이 필요한데, 지금까지 확보한 물량으로는 대한민국 국민 중에 겨우 반 정도만 공급할 수 있습니다."

"그동안 준비를 해왔는데, 부족하다니 아쉽습니다. 시간이 좀 더 있었으면 좋았을 텐데……."

마도 네트워크에 빨리 접속할 수로고 각성한 능력을 성장시키는 것이 빨라지기에 대통령이 아쉬움을 토로했다.

"그나마 우리나라의 사정은 나은 편입니다. 차원 경계가 사라진 이상 최대한 빨리 필요한 재료들을 확보하겠습니다."

"앞으로의 일에 대비해야 하니 서둘러 주기 바랍니다. 최대한 빨리 성장해야 하니 말입니다."

"알겠습니다, 대통령님."

국민의 생존이 걸린 일이라서 그런지 행정안전부 장관도 굳은 어조로 대답을 했다.

장관의 대답을 들으며 김재인 대통령은 결재를 위한 보고서에 사인을 했다.

"그나저나 그쪽은 어떻습니까?"

"아직도 어떤 의도를 가지고 움직이는지 파악이 되지는 않고 있습니다."

"7국이 비밀에 가려져 있다고는 하지만 아직도 파악이 되지 않는다니 조금 걱정이 됩니다."

김재인은 정부가 바뀌어도 비밀주의를 고집하며 그 누구에게도 정보를 제공하지 않는 국가정보원의 7국에 대해 우려를 드러냈다.

"국가정보원에 소속이 되어 있기는 하지만 차원 연합의 의결에 따라 정부는 간섭할 수 없게 된 것이 문제입니다."

"그러게 말입니다. 조직할 당시부터 관여할 수 있었다면 이렇게 답답하지 않을 텐데……."

"7국에 소속된 요원들이 최소 A급 이상의 능력자라고 하지만 지금까지 최선을 다해 준비를 해왔으니 너무 염려하지 않으셔도 될 겁니다. 요원들 전부가 다른 생각을 가지고 있지는 않을 겁니다."

"그렇다고는 하지만 혹시 모르는 일입니다. 장관께서는 최악의 상황을 가정하시고 대책을 다시 점검해 불행한 사태가 일어나는 것을 막아 주시기 바랍니다."

"예, 대통령님,"

김재인 대통령의 고심을 알기에 조금 큰소리로 대답을 한 장관은 인사를 한 후 대통령 집무실을 나섰다.

국가 비상조치에 따른 대통령의 긴급 행정명령을 발동하기 위해서였다.

향후 국회 동의를 얻어야 하지만 대변혁 이후 달라진 정치권이라면 반대 없이 통과할 것이기에 그의 발걸음은 무척이나 바빴다.

통일 전쟁과 더불어 중국과 러시아와의 전쟁을 훌륭하게 수행해 낸 이들이 요직에 두루 포진되어 있어서인지 행정명령이 시달되자 행정 각 부에서는 발 빠르게 움직이기 시작했다.

차원 센터는 국가정보원으로 이원화되어 있던 각성자 관리 조직이 합쳐져 이전보다 열 배에 달하는 규모로 확장이 되었다.

그와 더불어 각종 교육기관에 각성자를 위한 교육 프로그램이 운영되기 시작했고, 국민들이 본격적으로 교육을 받기 시작했다.

이중 제일 바빠진 것은 차원 센터의 검사 부서였다.

능력 검사를 통해 레벨을 확인하고, 각자 가지고 있는 특성에 맞는 교육을 받도록 배정하는 임무를 수행해야 했기 때문이었다.

그리고 국방과학 기술 연구소 또한 새로운 각성자들에게 스킨 패널을 보급하기 위해 24시간 풀로 돌아가고 있었다.

다른 국가들과는 다른 정부의 빠른 대처로 인해 대한민국은 1차 대변혁 당시보다 무서운 속도로 안정이 되어 가고 있었다.

2차 대변혁이 일어나고 6개월이 지나고 난 뒤 정부의 대책들이 가시적인 성과를 보이기 시작할 무렵, 그동안 은인자중하던 대한민국에 있는 능력자 집단들도 세력을 키우기 시작했다.

자신들의 이익을 위해서이기도 하지만 모두가 전쟁 발발 시 군 부대에 준하는 대우를 받게 한다는 대통령 친필 서한과 이를 확인하는 공문서를 받았기 때문이었다.

능력자 집단 수뇌부들은 대부분이 S급 각성자들이었는데. 그들은 2차 대변혁 과정에서 거대한 위험을 느꼈고, 대통령이 서한을 통해 언급한 전쟁이 일반적인 전쟁이 아니라는 것을 알 수 있었다.

대한민국의 군부는 전 세계를 통틀어 제일 많은 능력자를 보유한 집단이었다.

중국이나 러시아와의 전쟁도 승리할 수 있다는 자신감이 넘치는 군부를 두고도 세력 확장과 무력화를 공식적으로 허락한 것을 통해 국가 간의 전쟁이 아니라 차원 간의 전쟁이 발발할 것으로 확신할 수 있었던 것이다.

정부의 공식적인 허락하에 자신들의 집단에 소속된 사람들의 가족과 지인들을 받아들여 세를 키우기 시작했다.

그리고 제대로 된 능력자로 육성하는 데 집단이 가지고 있는 전력을 모두 기울였다.

앞으로 독자적인 무력을 가지고 있는 것이 중요하다고 인식하고 있었기 때문이다.

대통령이 공식적인 서한을 통해 이런 일들을 허락한 것은 능력자 집단들이 통제가 그리 쉽지 않은데다가 다른 국가의 능력자 집단들을 상대하기 위해서였다.

집단의 힘을 키울 수 있는 권한을 주는 대신 다른 국가에서 대한민국을 침탈해 오는 통제를 벗어난 능력자 집단을 상대하는 것이 의무사항이었다.

정부에서 국민들을 제대로 된 능력자들로 육성하는 동안 기존의 능력자 집단들이 외세의 침탈을 막도록 한 것이다.

삼환문에도 다른 문파들과 마찬가지로 정부의 공식 문서가 도착했고, 문주 이하 문도들이 발 빠르게 움직이기 시작했다.

"현화, 문도들을 받아들이는 것을 이떻게 됐나?"

"인지도가 떨어지는 터라 문도들의 가족들과 지인들만 영입

할 수 있었고, 일반인들은 저조합니다."

"다른 문파나 조직에 비해서는 어떻지?"

"인원이 조금 많은 편입니다."

"삼환대가 수고가 많았겠군."

"그렇습니다. 본 문이 인지도가 떨어지는 대신 해결사들을 문도로 받아들여 인원수가 기존 문파들이나 조직들보다는 많으니까요."

해결사들을 문도로 받아들인 후 삼환대를 조직했다.

인원수가 대략 1,000여 명에 달하는 터라 그들을 통해 받아들인 가족들과 지인까지 합치면 문도 수가 꽤나 되었다.

"일반인들을 받아들이는 것은 이제 그만해도 되겠군. 외형이 커지는 것도 중요하지만 한 명, 한 명 정예로 만드는 것이 좋을 것 같다."

"알겠습니다."

"수련 프로그램은 잘 운영이 되고 있는 거지?"

"본 문의 심법이 각성한 능력자들에게 잘 맞기도 하고, 교관들이 다들 필사적으로 수련을 시키고 있어 조만간 궤도에 오를 것 같습니다."

"다행이군. 그건 그렇고, 우리가 맡은 지역은 어떻게 대응할 생각이지? 이제 슬슬 움직이는 것 같은데 말이야."

사형과 사질의 본거지가 있어서인지 정부에서는 우리 삼환문에게 인천을 위수 지역으로 맡겼다.

중국의 능력자 집단의 침투를 막는 것이 주 임무였는데, 하오문에서 보내온 정보를 통해 중국 내부와 대륙천안의 움직임이 심상치 않았기에 준비를 해야 했다.

"준비는 끝냈습니다. 하지만 다른 의도가 있는 것 같은데, 어떻게 하실 생각입니까? 자칫 본 문의 전력이 노출될 수도 있습니다."

"걱정할 것 없어. 그 정도는 보여줘야 앞으로 행동하기가 편해질 테니까 말이야."

현화의 말대로 능력자 집단이나 조직 중에 신생이나 다름없는 삼환문에게 중요한 지역인 인천의 위수를 맡긴다는 것은 있을 수 없는 일이다.

다른 문파나 조직들의 야료가 있는 것은 틀림없다.

중국의 능력자 집단을 상대하다 전력이 깎여도 좋고, 임무를 수행하지 못해 정부 사업에서 배제가 되는 것을 바라고 뒤에서 손을 쓴 것일 테지만 상관없다.

이번 기회에 삼환문의 전력을 일부 내보여 얕보지 않게 하는 것도 괜찮고, 암약하고 있는 자들을 싹 쓸어내고 삼환문의 터전으로 삼아도 되니 말이다.

"장문인, 인천을 장악한 후 서해 도서 지역까지 영역을 넓히실 생각입니까?"

"그래야 할 거야. 앞으로는 차원과 관련한 문제는 인천이 중심이 될 테니까 말이야. 그러니 계획을 한번 짜봐."

"알겠습니다, 장문인. 그나저나 다른 지역은 어떻게 하실 생각이십니까?"

"지금까지 수집한 정보를 전부 넘긴다."

"전부 말입니까?"

현화가 눈을 동그랗게 뜨며 묻는다.

2차 대변혁이 일어난 이후 대한민국으로 침투한 자들은 전부 파악이 끝났다.

이전부터 암약하던 자들은 물론이고, 출입국이 통제되며 국경이 봉쇄된 이후에 침투한 자들도 전부 파악을 했다.

새로 가동하기 시작한 상황실이 아르고스의 눈을 제대로 가동되기는 하지만 능력자들이 능력과 결합된 인식 차단 장치가 방해하는 탓에 삼환대가 전력을 기울여야 했을 정도로 꽤나 어려운 일이었다.

그렇게 어렵게 얻은 정보를 넘긴다니 현화로서는 놀랄 만도 할 것이다.

"그래."

"정부에 정보를 넘기는 것은 괜찮지만, 정부에서도 대응하기가 만만치 않을 겁니다."

"나도 알아."

현화가 이렇게 말하는 이유를 안다.

대한민국에 잠입해 있는 능력자들은 중국, 러시아, 일본, 미국에서 보낸 자들이 대부분이다.

국력이 강한 만큼 침투한 자들도 수는 상당했고, 최소 A급을 상회하는 터라 만만한 자들이 하나도 없었다.

그들은 상대하자면 정부에서도 꽤나 많은 힘을 들여야 할 것이다.

"그러면……."

"대한민국이 가진 저력도 만만치 않아. 우리가 파악한 것만큼은 아니겠지만, 잠입해 있는 자들에 대해서는 국정원에서도 대부분 파악을 하고 이미 대책을 세워놨을 거다."

"하지만 정부도 믿을 수 없습니다."

"국정원이 아니라 대통령에게 직접 넘길 생각이야."

"대통령이요?"

"대통령에게 정보를 보내는 것은 국정원을 믿을 수 없어서야."

"성과가 날까요?"

"성과를 바라고 하는 일은 아니야. 여기에는 여러 가지 의미가 있어. 대통령이 우리가 준 정보를 제대로 이용한다면 숨어 있는 배신자들을 찾을 수 있을 테고, 그렇지 않다고 해도 대한민국의 최고 권력자의 성향을 파악할 수 있을 테니까 말이야."

"무슨 뜻인지 알겠습니다. 그러면 출처가 드러나지 않도록 정보를 보내도록 하겠습니다."

내 설명에 두말없이 정보를 보내는 것을 보니 역시 현화는 내 의중을 금방 파악한다.

차원 연합의 결정 사항을 가장 먼저 받아 보는 사람은 국가의 대통령으로 계통을 거치지 않고 직접적으로 받는다.

의심스러운 국가정보원의 7국의 경우 차원 연합에 소속된 집단이나 마찬가지니 직접 정보를 받은 대통령도 의심하지 않을 수 없는 것이다.

이번에 보내는 정보를 대통령이 어떻게 처리하느냐를 통해 많은 것을 알 수 있다는 것을 현화도 알게 된 것이다.

"정부 움직임도 잘 살펴봐. 혹시라도 우리가 파악하지 못한 세력이 있을지도 모르고, 정부 내에서 이상 행동을 보이는 자들을 찾을 수 있을지 모르니까 말이야."

"이미 관련자 전원을 감시하고 있는 중이니 염려하지 마십시오, 장문인."

"역시 현화네."

"장문인, 다들 대기하고 있습니다. 이만 나가시죠."

"그러지."

오늘부터 인천 지역을 정리할 생각이다.

대부분이 중국 정부나 대륙천안에 속한 능력자들이지만 다른 나라에서 온 자들도 있다.

차이나타운은 이미 하오문의 도움을 받아 팽문도 형과 하오문의 유연하 누님이 장악한 상태라 몸을 숨기고 있는 떨거지들만 쳐 내면 되고, 우리가 집중적으로 처리할 곳은 화티엔 빌딩이 있는 신도시 지역이다

제거 대상자들의 위치와 동선은 이미 확보한 상태라 처리에 문제가 없지만 서해 공해상에서 사라진 장천은 대비를 해야 했기에 세 개의 팀으로 움직이기로 했다.

차이나타운은 삼환대에서 전적으로 맡아 처리하고, 나와 형이 팀장이 되어 삼환대 일부와 문도들을 이끌고 작전을 펼칠 예정이다.

차이나타운을 정리할 인원들은 벌써 출발해 문도 형과 연화 누님의 지휘를 받아 움직이고 있는 중이다.

대기하고 있는 인원들 중에 형과 오인방이 주축이 된 타격 팀은 정체가 파악된 자들을 처리할 것이고, 나는 나머지 인원으로 구성된 지원 팀을 이끌고 작전이 진행되는 동안 혹시나 있을지 모를 반격에 대비하기로 한 것이다.

강당으로 들어서자 전투 슈트를 착용한 문도들이 보였다.

2차 대변혁이 일어나기 전에 샴발라로 가서 각성을 한 이후 각고의 노력으로 능력을 완전히 자신의 것으로 만든 터라 문도들의 눈빛이 빛나고 있었다.

문도들을 보면서 강단에 오른 나는 시선과 마주쳤다.

'다들 자신감이 넘치는군.'

강도 높은 수련과 함께 심상 훈련을 기반으로 사실에 가깝게 구현한 가상현실을 통해 실전과 다른 없는 전투를 벌이며 실력을 쌓은 이들이라 그런지 긴장감은 있을지언정 두려움 찾아볼 수 없었다.

"이번 임무는 우리 영토에 잠입해 들어온 쥐새끼들을 처리하는 일이다. 삼환문이 공식적으로 활동하게 되는 첫 번째 임무이기는 하지만 별다른 문제없이 성공적으로 끝낼 것으로 믿는다. 각자 작전 내용은 이미 다 숙지했을 테지만 전투 상황이 되면 다양한 변수가 발생하니 관제 시스템에서 보내주는 상황 정보를 항상 모니터링하도록."

"알겠습니다!!!"

"그럼 출발한다."

성진이 형이 고개를 숙여 인사한 후 타격 팀 중 선발대를 이끌고 비공정을 타기 위해 옥상으로 갔다.

나도 지원 팀 일부를 이끌고 옥상으로 향했다.

옥상이 그리 넓은 편이 아니지만 동시에 두 대 정도의 비공정이 착륙할 수 있어 동시에 움직일 수 있었다.

비공정을 이용해 움직이는 인원은 선발대로 모두 열네 명인데, 타격 팀은 일곱 명과 지원 팀 일곱 명뿐이다.

선발대가 고작 이 정도의 인원인 것은 다들 S급 능력자이기 때문이다.

타격 팀은 두 형과 오인방이 주축이고, 지원 팀은 나를 비롯해 대응 센터에서 내가 지휘했던 알파 팀원들이다.

굳이 선발대와 후발대로 나눈 이유는 처리할 대상자가 달랐기 때문이다.

우리가 타국의 S급 능력자들을 처리하는 동안 후발대는 A급 능력자들을 처리하게 된다.

같은 수준의 능력에다가 몇 배에 달하는 인원으로 군에서 나와 같이 작전을 수행하던 팀원들의 지휘를 받아 움직일 테니 별다른 문제는 없을 것이다.

스텔스 기능의 상위 호환이라고 할 수 있는 인식 차단 장치를 가동시킨 비공정은 빠르게 송도 신도시에 있는 인천 경제 자유구역으로 향했다.

상황실을 활성화시킨 후 장호의 도움을 받아 인식 차단 장치를 업그레이드시킬 수 있었기에 S급 능력자의 감각도 피해갈 수 있어서 인지 인천 경제 자유 구역 상공으로 진입했음에도 우리가 목표로 하고 있는 자들의 움직임에는 변동이 없었다.

― 지금부터는 텔레파시를 활용한다. 스킨 패널을 활성화한 후 전투 관제 시스템을 연결시켜라.

― 예!!

'S급 능력자가 아니라 초월자를 기준으로 상정을 했으니 큰 문제는 없을 거다.'

이번 작전의 핵심은 얼마나 빠른 시간 안에 S급 능력자들을 제압하느냐가 관건이기에 혹시라도 있을지 모를 초월자를 대비해 전투 관제 시스템을 활용하기로 했다.

비공정에 설치된 에고들이 중계를 하고 상황실의 양자컴퓨터가 관제할 것이기에 돌발 변수에 대한 대처는 확실할 것으로 본다.

작전 지역에 도착하자 형들이 탄 비공정에서 타격 팀원들이 입고 있는 전투 슈트에 장착된 윙을 활성화시킨 후 일체의 기척도 없이 낙하를 시작했다.

공중을 유영하며 빠른 속도로 날아가고 있는데도 소리가 나지 않는 것은 대기와의 마찰을 없애는 마법이 발동이 되고 있기 때문이다.

마법으로 발생되는 에너지 파동은 전투 슈트가 흡수할 수도 있도록 한 터라 초월자라도 정신을 집중해야 겨우 느낄 수 있을 테니 목표한 빌딩에 도착하기 전까지는 발각이 되지 않을 것이다.

─ 지금부터 에너지 파동을 차단한다. 방위는 작전대로 여섯 군데를 맡고 목표한 지점을 확실히 장악한다.

하강하던 타격 팀원들이 빌딩 사이로 들어서는 것을 확인하며 지원 팀원들에게 지시를 내렸다.

팀원들도 곧바로 비공정을 뛰어 내린 후 윙을 펼쳐 목표한 지점으로 날기 시작했다.

나는 혹시라도 있을지도 모를 돌발 변수를 막아야 하는 터라 비공정에 남아 감각을 극대화했다.

'어디 있냐?'

통일 대한민국이 한반도에 들어선 이후 두 번의 전쟁이 발발했고, 강대국이라 일컬어지는 중국과 러시아는 전쟁에서 패한 이후 신중을 기해왔다.

이면에서 치러진 첩보전에서도 무수히 실패한 경험을 가지고 있는 터라 S급 능력자만 보내지 않았을 것이라 생각되니 내 역할이 무엇보다 중요하다.

S급을 갓 넘어서기 시작한 초월자라 할지라도 판을 뒤집어엎는 것을 식은 죽 먹기니 말이다.

화티엔 그룹의 한국 지사장으로 왔다가 덕적도에서 사형과의 전투에서 왼팔을 잃고 잠적한 장천의 경우도 S급을 초월하기 직전이었으니 분명히 있을 것이라고 추측했다.

'역시……'

타격 팀원들이 목표한 빌딩에 안착하자 곧바로 주변을 포위하는 에너지 파동이 느껴진다.

'장천인가? 전보다 더 차갑고 서늘하군.'

빌딩을 포위해 나가는 에너지 파동은 덕적도의 전투 당시 느껴졌던 것과 일치했다.

잠적했던 장천이 함정을 판 것이 분명했다.

'사형과의 전투로 초월에 이를 것이라고 생각은 했지만, 이 정도라니⋯⋯.'

2차 대변혁으로 세상이 변하고 난 후 차원의 경계가 무너져 암흑 에너지를 손쉽게 얻어서 그런지 예상을 넘어서는 경지가 아닐 수 없다.

— 초월자 출현! 작전대로 제압하고, 초월자의 움직임에 대비해라.

작전 계획대로 전 팀원에게 초월자 출현을 알린 후 비공정을 나섰다.

내가 윙을 펼쳐 날아간 방향은 목표한 빌딩에서 두 블록 떨어진 곳에 위치한 곳이었다.

장천의 것으로 보이는 에너지 파동이 흘러나오는 빌딩이었는데 인식 차단 장치가 쳐져 있지 않은 것을 보면 국정원의 감시를 피하기 위해 마련한 것 같다.

'어디냐?'

날아가는 동안 50층 빌딩에서 장천이 있을 만한 곳을 살폈지만 정확한 위치를 특정할 수 없었다.

'빌딩 전체에서 에너지 파동이 흘러나오니 어디에 있는지 알

수가 없군.'

서늘하고 차가운 에너지가 S급 능력자라도 알아차리기 힘들 정도로 은밀하게 빌딩 전체를 감싸고 있었다.

'저 정도 규모의 빌딩을 완전히 감싸고 있는 것도 그렇고, 형들도 알아차리지 못할 정도로 은밀한 것을 보면 초월자가 된 것이 분명하다.'

가까이 다가갈수록 에너지 파동이 희미해지는 것을 보면 일정 거리를 움직인 후에야 발동하게 되는 것이 분명한 터라 초월자라 확신이 되기에 긴장이 됐다.

조용히 빌딩 옥상에 내려섰지만 에너지 파동으로 빌딩을 감싸고 있기에 내가 침입했다는 것을 알아차렸을 것이다.

옥상 출입문에 설치된 잠금 장치를 무력화시킨 후 내부로 들어섰다.

'경계하는 인원이 아무도 없는 것을 보면 꽤나 자신 있나 보군.'

계단을 내려가 엘리베이터로 가는 동안 지키고 있는 사람이 하나도 보이지 않았다.

'놈이 있는 곳이 25층인가?'

내부로 들어선 후 장천으로 생각되는 초월자가 어디 있는지 파악할 수 있었다.

놈이 빌딩 중간에 있다는 것을 파악할 수 있었던 이유는 마도 금속을 이용한 마법진이 펼쳐져 있었기 때문이다.

놈의 존재감은 찾을 수 없었지만, 마법진을 움직이는 마나의 파동을 감출 수 없었나 보다.

'아니면, 함정이거나. 많이 준비했기를 바란다.'

초월자가 아니었는데도 사형을 죽음 직전에까지 몰아넣었던 자라 흥분이 된다.

초월자와의 전투는 처음이라서 그런가 보다.

제 8 장

2차 대변혁 이후 이모님들을 도와주고, 나 또한 문도들처럼 수련에 매진했다.

두 달 정도 흐른 후 삼환제령인이 완벽해졌고, 넉 달이 지났을 때는 삼환제령인을 넘어설 수 있었다.

완벽하게 통합된 의식에서 독립적인 아홉 개의 의식을 뽑아낼 수 있었고, 분신이라고 할 수 있는 의식들은 에너지를 물질화해 형상을 만들 수 있게 된 것이다.

그리고 두 달 동안은 독립된 아홉 개의 의식들은 자신들이 사용하게 될 신체를 만들었다.

덕분에 그동안 아공간에 보관하던 마도 금속들과 에너지 스톤의 반 이상이 사용되었지만, 후회는 하지 않는다.

아홉 개의 분신들은 스스로 생각하고 움직일 수 있는 독립된 존재로 성장했기 때문이다.

혼원주를 활용한 덕분에 내 분신들은 신체가 완성된 후 지구 대차원을 구성하는 아홉 차원 에너지들로 자신만의 코어를 생성할 수 있었다.

그동안 차원의 틈새를 비집어 만든 공간에서 아홉 차원 에너지를 흡수하며 코어를 키워왔다.

'아직까지 세상에 현신하지는 않지만 충분히 초월자들을 상대할 수 있으니 놈이 어떤 수작을 부려도 이번 계획이 틀어질 일은 없을 거다.'

장천이 어떤 식으로 나올지는 모르지만, 이미 충분히 대비가 되어 있기에 엘리베이터를 타고 25층으로 갔다.

'으음, 이상하군.'

25층에 도착해 엘리베이터에서 내리니 내가 예상했던 모습이 아니었기에 당혹스러웠다.

일반적인 빌딩의 내부가 아니라 마치 동굴에 들어온 것처럼 벽과 바닥이 암석으로 이루어져 있었기 때문이다.

다행히도 인공적인 빛이 없어도 벽과 바닥이 은은하게 빛을 발하고 있어 시야에 지장을 주는 것은 아니었기에 장천이 있을 만한 곳으로 발걸음을 옮겼다.

'확실히 마도 금속으로 만든 것은 아니다. 으음, 지구 대차원에서 볼 수 있는 암석들도 아니고. 도대체 무슨 이유로 이런 것을 만든 거지?'

자연적인 동굴로 보이기는 하지만 빌딩 중간에 있는 것을 보면 누군가의 손이 닿은 것만은 분명한다.

어째서 이런 구조물을 만든 것인지 모르지만 이유가 있을 것이 분명하기에 마음을 긴장시켰다.

동굴이나 다름없는 통로를 따라 발걸음을 옮기는 와중에 이상함을 느낄 수 있었다.

내가 예상했던 것과는 경로가 달랐기 때문이다.

'이럴 때 스페이스가 있었으면 구조를 확실히 파악할 수 있었을 텐데, 아쉽군.'

아리가 별도로 움직이고 있어 현무를 서포터하기 위해 스페이스를 이번 작전에서 배제할 수밖에 없었다.

'할 수 없지. 잠입한 자들을 처리하는 것보다 국정원의 상황이 더 중요하니까.'

아리는 지금 얼마 전부터 모습을 감춘 7국을 추적하고 있는 중이다.

7국이 무엇을 위해 움직이고 있는지에 따라 상황이 급변할 수도 있기에 현무와 스페이스가 지원을 위해 서포트 중이라 나혼자서 해야 할 것 같다.

'어쩌면 이곳이 던전이라는 곳일지도 모르겠군. 일단 다른 길을 찾아보자.'

다른 차원에서 특별한 힘을 지닌 자들이 자신의 유산을 보호하거나, 권능을 발휘하기 위해 자신들만의 영역을 구축한 곳을 던전이라고 부르는 것을 알고 있다.

구조물로 구축된 곳이기는 해도 만든 자의 의지로 언제든지 변화를 줄 수 있는 곳이기에 어려운 싸움이 될지도 모르는 터라 심연의 심안을 사용하기로 했다.

동굴 안을 휘도는 에너지 파동을 분석해 변화되고 있는 된 부분을 찾아내자 변화를 주도하는 중심축을 찾을 수 있었다.

'저기로군.'

암석으로 보이는 부분에 길이 보였다.

발걸음을 옮겼는데도 마치 허상처럼 통과할 수 있었다.

에너지 파동이 신속하게 변하며 감각을 혼란 속으로 몰아넣었지만 심연의 심안으로 중심축을 찾을 수 있었기에 자 빠르게 이동할 수 있었다.

장천이 있는 곳으로 짐작되는 중심부로 들어섰다.

광장처럼 보이는 공간이었다. 지금까지와는 달리 강력한 에너지 파동이 꿈틀거리고 있는 것을 눈으로도 볼 수 있었다.

서늘하고 차가운 느낌을 주는 푸른빛의 에너지 파동 속에서 누군가가 걸어 나왔다.

'장천이로군. 그런데 왼손은 멀쩡해진 건가?'

덕적도에서 사형과 싸우다가 왼손을 잃었다고 들었는데, 왼쪽 팔이 멀쩡했다.

'클론을 만들어 사람의 뇌를 이식할 수 있는 수준이니 저 정도는 아무것도 아니겠지.'

손 하나 정도야 충분히 복구할 수 있는 수준의 의학을 가지고 있다는 것을 알기에 장천에게 집중을 했다.

"여기까지 오다니 대단하군."

"별거 없더군. 이렇게 대놓고 움직이는 것을 보니 대륙천안이 본격적으로 움직이기로 한 건가?"

"세상이 바뀌었으니 이제 시작해야 되지 않나? 전에 빚도 있고 말이야."

"준비를 많이 한 것 같은데 생각한 대로 될지 모르겠군."

"하하하! 대담하군. 잔챙이만 걸릴 줄 알았는데, 대어가 걸리다니 아주 좋은 징조야."

"후후후, 대어라……."

"그럼 아주 대어지. 첫 번째 낚시에서 초월자로 들어선 자를 잡다니 말이야."

장천의 말을 들어보니 예상대로 함정이었다.

"자신하나 보군."

"오래 준비를 해왔고 결실을 맺었지. 처음으로 중화의 위대

함을 알게 될 테니 열광으로 알아라."

"재미있겠군."

"하하하하! 재미라? 간이 튀어 나온 놈이군."

장천이 말을 건네는 순간부터 아직 준비가 끝나지 않았다는 것을 알았지만 그대로 내버려 두었다.

이제 준비가 다 끝난 것 같은데, 계속해서 나불대고 있어 듣기가 싫었다.

"상당히 시간을 많이 준 것 같은데 아직도 움직일 생각이 없는 거냐?"

"으음."

내가 자신이 준비를 마치기를 기다리고 있는 중이었다는 사실에 장천이 신음을 흘린다.

던전의 역장 자체가 만든 자를 위해 존재하기에 던전 안에서만큼은 절대의 힘을 가지게 만드는데도 기다리고 있었다는 것이 심기를 자극한 모양이다.

이번이 진짜 전쟁의 첫 번째 전투라서 기다려 준 것이다.

이 정도도 처리하지 못한다면 차원 침공이 시작되면서 넘어올 존재들을 막을 수 없기에 나를 시험해 보기 위해서이기도 하다.

"시작하지."

"네놈이 얼마나 자신이 있는지 모르지만 그 자신이 쓸데없는 자만이었다는 것을 일깨워 주마."

스르르르.

생각이 일면 현상이 일어나는 초월자답게 장천의 모습이 곧바로 사라졌다.

놈이 사라지고 그곳에 남은 것은 빛으로 이루어진 거대한 뱀이었다.

수의 속성을 가진 뱀의 머리에는 작은 뿔이 돋아나 있었는데 마치 용이 되지 않은 이무기 같았다.

'초월의 경지에 완벽하게 들어서지 못했다.'

초월자들은 자신의 의지를 형상화할 수 있다.

보통은 자신이 가진 특성에 맞는 아바타로 구체화되는데 장천은 용인 것 같다.

아바타를 얼마나 구체적으로 형상화하느냐에 따라 경지를 엿볼 수 있었다. 완전한 용이 되지 않은 것을 보면 장천은 완벽한 초월자가 아닌 것이 분명했다.

나는 아바타를 장천처럼 신수로 형상화시키지 않고 내 자신을 본떠 형상화시켰다.

에너지 집합체가 아니라 마도 금속을 이용해 에너지와 물질을 융합해 나와 같은 형태로 만들었다.

그것도 한 개가 아니라 아홉 개나 말이다.

장천이 만들어낸 것을 어느 정도 상대할 수 있을지 한번 알아보기 위해 그중 하나를 이면 공간에서 꺼낸 후 모습을 감췄다.

'완벽하군.'

붉은색 전투 슈트로 전신을 감싸고 한 손에는 대검을 들고 마치 기사를 연상시키는 모습이다.

'나를 전혀 의식하지 못하는 모양이군.'

모습을 감추기는 했지만 에너지 파동의 잔재는 남아 있음에도 장천의 아바타는 나를 전혀 인식하지 못하고 있었다.

내 아바타가 주의를 끌어서 그런 것인지, 아니면 내 은신이 완벽해서인지는 모르겠지만 내 의도로 된 것 같아 다행이다.

화르르르!

붉은 대검 위로 붉은 색의 화염이 솟아올랐다.

물의 속성을 띤 이무기와 상극인 불의 기운을 가진 기사의 모습에 푸른빛의 용이 잘게 몸을 떤다.

쏴—아아아아!

이무기의 입이 벌어지고 거대한 물줄기 형상을 한 에너지 파동이 쏟아져 나온다.

입자들이 엄청난 속도로 회전하며 쏟아지는 물줄기를 향해 내 아바타가 화염에 휩싸인 대검을 휘둘러 직선으로 에너지 파동을 양단했다.

그러고는 브레스 같은 에너지 파동을 거슬러 이무기의 입을 향해 나아갔다.

위험을 직감한 이무기가 머리를 돌렸지만 이미 늦었다. 불을 머금은 일격이 목덜미를 스쳐 등까지 이어졌다.

"카아아아!!!"

갈라진 몸이 다시 합쳐지는 것과 동시에 분노가 담긴 포효를 터트린 이무기가 몸집을 부풀렸다.

'역장이 발동됐구나. 그렇다면……'

움직임에 제약을 주기 위한 역장이 발동되어 아바타의 몸이 강하게 옥죄는 것을 느낄 수 있었기에 연결된 의식을 끊었다.

이제부터는 아바타가 아니라 독립된 의식을 가진 주체로서 장천의 아바타를 상대하게 한 것이다.

초월로 들어선 장천과 의식이 직접 연결되어 있는 아바타를 독립된 의식을 가진 아바타를 얼마나 상대할 수 있는지 알아보기 위해서다.

'역시, 나와 의식이 연결되어 있을 때보다 훨씬 낫구나.'

독립된 의식과 자아를 가지고 있어서인지 장천이 펼친 역장 안에 있는데도 편안해 보인다.

장천의 아바타가 에너지를 물질로 변화시키는 것인지 내 분신 주변에 수 백 마리의 뱀들이 모습을 드러냈다.

검푸른 색을 띠고 있는 뱀들의 머리가 세모꼴인 것을 보니 맹독을 가진 독사들이 분명했다.

재미있는 것은 날개를 가지고 있지 않은데도 불구하고, 독사들이 공중에 떠 있다는 것이다.

마치 유영하듯 허공에 뜬 채 주변을 에워싸며 포위하는 독사들의 기세가 무시무시했지만, 내 분신은 여유로웠다.

파앗!

마치 쏘아진 탄환처럼 뱀들의 돌진이 시작됐다.

거의 눈에 보이지 않는 속도로 날아옴에도 내 분신은 찰나의 간극 사이를 움직이며 여유롭게 피해내고 있었다.

광선처럼 쏘아지는 검푸른 독사들 사이를 움직이고 있는 붉은 궤적은 유려한 춤사위처럼 보였다.

슈슈슈슛!

파파파파팟!

찰나 간의 움직임으로 독사들의 공격을 피하기도 하고, 사각으로 치고 들어오는 공격을 쳐 내기도 하면서 조금씩 장천의 아바타를 향해 다가서고 있는 분신의 움직임이 심상치 않다.

'그런 건가?'

독립된 의식과 자아를 가지고 움직이고 있지만 무엇을 하려고 하는지 또렷이 느껴지기에 흥미로웠다.

내 분신은 장천의 아바타가 현실화시킨 뱀들을 통해 장천이 가진 에너지를 눈치채지 않는 범위에서 야금야금 갉아먹고 있었다.

그것만이 아니었다.

쳐 내고 있는 독사들을 소멸시키지 않고 자신의 에너지를 교묘하게 숨겨서 주입하고 있었다.

"카아아아아!!!"

자신이 소환한 소환수들의 공격을 얄밉게 피해내는 분신의 모습을 지켜보던 장천의 아바타가 분노가 담긴 포효를 내질렀다.

A급 능력자라 해도 한 마리조차 감당할 수 없는 힘을 가진 소환수들이 너무도 무기력한 것에 화가 났을 것이다.

피—이잉!!

독사들의 나는 속도가 두 배 가까이 빨라졌다.

속도만 높인 것이 아닌지, 독사들을 중심으로 에너지 역장이 묵직해지면서 분신의 움직임이 약간 둔해졌다.

워낙 많은 수라 내 분신도 피하기가 버거운지 붉은 화염에 휩싸인 대검을 휘두르기 시작했다.

대기를 가르는 검격이 매서운 속도로 사방을 점하며 날아오는 독사들을 쳐 내기 시작했다.

대군을 맞아 홀로 선 대장군이 날아오는 자신에게 날아오는 화살을 쳐 내기 위해 검막을 펼치듯 대검의 궤적이 펼치는 검격이 붉은 휘광으로 빛나는 막을 만들어냈다.

쐐—애애액!

타타타타타타탕!

독사들이 빛처럼 흐르는 검의 궤적에 부딪쳐 터지는 소리가 사방에 메아리쳤다.

그와 동시에 장천의 아바타에서 푸른색이 아닌 검은빛을 뿌리는 에너지가 흘러나와 아주 은밀하게 독사들의 뒤에 자리 잡기 시작했다.

그러고는 검푸른 독사들의 비행을 따라 내 분신을 공격하기 시작했다.

일상적으로 볼 수 있는 에너지가 아니라 정신계 형태라서 그런지 아주 교묘하게 분신을 파고들었다.

휘이이이잉!

푸—욱!

아주 빠르게 궤적을 그리며 전신을 엄밀히 방어하는 대검을 크게 휘두른 후 내 분신은 화염으로 휩싸인 검신을 땅에 박았다.

쩌저저저저적!

지면을 타고 약간 큰 소리가 나더니 요란한 소리를 바닥 공간이 갈라졌다.

'용암이구나.'

갈라진 바닥 틈 사이로 언뜻 보이는 붉은 기운은 용암이 분명했다.

소환수들을 상대하기 위한 것이 아니라 장천의 아바타에게 타격을 주기 위한 공격이 시작된 것이다.

촤르르르!

붉은 용암기둥이 지면을 뚫고 솟아오르며 내 분신의 주변을 감싸자 내 분신 주변에서 공격을 하던 뱀 새끼들이 용암 줄기에 한 줌 재로 사라져 갔다.

맹렬하던 기세는 간데없고, 불줄기를 피해 허둥대며 이리저리 도망을 치려 했지만, 소용이 없는 일이었다.

파파파파파파팟!!!!

소환수인 독사들을 일거에 소멸시킨 용암 줄기들이 포효를 지르는 장천을 향해 치달았다.

매캐한 탄내가 사방에 진동하며 붉은 화염을 내뿜는 용암이 달려들 듯 자신을 향해 다가오자 장천의 아바타가 허공으로 날아올랐다.

빈─쩍!!

푸욱!!!

용암 기둥에 둘러싸인 내 분신이 있는 곳에서 적색의 뇌전이 장천의 아바타를 직격했다.

"크아아아아악!!!!"

배 부분에 화염으로 일렁이는 대검이 꽂힌 탓인지 장천의 아바타인 이무기가 처절한 비명을 내지르는 몸을 뒤틀며 허공에서 꿈틀거렸다.

'어디냐?'

공격이 성공했음에도 나는 주의를 잃지 않았다.

나도 그렇지만 용암 기둥 속에 있는 내 분신도 장천의 본신을 찾는 것이 느껴졌다.

의지로 세운 에너지 집하체가 타격을 입은 이상 숨어 있는 장천의 본신도 기척을 드러낼 것이라 생각한 것 같다.

'역시, 난놈은 난놈이다. 그런 타격을 입고도 움직이지 않다니…….'

엄청난 타격을 입고도 장천의 본신의 흘리는 기척은 느껴지지 않았다.

'반격이 올 거다.'

소환수가 일제히 사라지고, 아바타가 심대한 타격을 입었음에도 모습을 드러내지 않는 것을 보니 반격을 준비하는 것이 틀림없었다.

콰드드드득!

아니나 다를까, 화염지옥으로 변해 버린 내 분신 주변에 검푸른 물줄기로 이루어진 토네이도가 나타났다.

수기를 잔뜩 머금은 토네이도는 점점 안쪽으로 좁혀져 용암을 잠식했고, 이내 무수한 돌기둥을 생산해 내며 내 분신을 향해 다가섰다.

'저 안에 놈이 있다.'

토네이도 안에 장천의 본신이 느껴지는 것을 보니 놈은 자신의 본신을 에너지로 변화시킨 것이 분명했다.

타격을 받은 육체를 버리고, 정신과 의지로 자신이 가진 모든 것을 에너지로 만들어 내 분신을 없앨 생각인 것 같다.

화르르르르!

용암 줄기가 돌덩이로 변한 중심에 있던 분신의 전투 슈트가 붉게 달아오르며 화염에 휩싸였다.

처음에는 붉은 화염이더니 이내 서슬 퍼런 청색의 화염으로 바뀌었다.

치—이이이이익!

검푸른 물줄기와 퍼져 나간 청염이 만나자 수증기가 피어올랐다.

상극의 두 기운이 대치하며 서로를 공략하기 위해 경계를 이루며 맞서기 시작한 것이다.

'팽팽하지만, 이미 승부의 추는 기울었다.'

초월자가 된 것에 의기양양했지만 장천은 내 분신을 너무 얕본 것이 패착이다.

자신 있게 세운 아바타도 소멸에 가까운 타격을 입어 가지고 있는 힘의 총량이 떨어진 상태에서 내 분신에게 정면승부를 걸었으니 결과는 뻔했다.

처음에는 대등하게 맞서던 토네이도가 점차 기세를 잃어갔다.

에너지 정신체로 자신을 변화시킨 장천이 안간힘을 쓰는 것 같지만 이미 균형이 넘어갔다.

화르르르르!

"아아아아악!!!"

청염의 색이 백색으로 바뀌더니 순식간에 토네이도를 잠식하자 처절한 비명이 흘러나왔다.

'저 아까운 것을 그냥 둘 수는 없지.'

장천의 의지가 소멸되며 수속성의 에너지가 산화하기 시작한 것을 보며 내 의지 중 하나를 소환했다.

혼원구를 통해 수속성의 에너지를 키운 내 분신으로 구현된 아바타다.

맑디맑은 하늘빛 전투 슈트를 입고 있는 아바타가 퍼져 나가는 장천의 에너지를 흡수하기 시작했다.

'크으으으……. 대단하다. 이게 초월자가 가진 에너지인가?'

에너지가 내 안으로 흘러 들어오는 것이 느껴진다.

의지는 사라졌지만 에너지에 남은 장천의 사념을 보니 초월자가 가지는 권능이 어떤 식으로 발현이 되는지 알 수 있을 것 같다.

에너지는 입자로 이루어져 있었고, 입자 하나하나에 짙은 사념이 새겨져 있는 것을 보며 어떤 식으로 초월자가 된 것인지 확실히 알았다.

장천이 남긴 에너지가 혼원구로 스며들었다.

혼원구는 짙게 배인 장천의 사념을 지워 백지로 만들고 있었다.

'지금까지와는 다르다.'

혼원구는 속성을 가진 에너지를 흡수할 때마다 에너지의 근원을 파헤쳐 어떤 식으로 운용이 되는지 파악한 후 내가 움직이기 쉽도록 알려주는 역할을 했는데, 지금은 달랐다.

마치 내가 방향을 설정하라는 듯 장천의 사념을 지우고 백지 상태로 남겨 두었다.

'그걸 원한다면……'

혼원구로 흡수되는 장천의 에너지에 내 의지를 새겼다.

정확하게 말하자면 나와 독립시킨 내 분신의 의지를 새겨 넣었다.

카오스 상대인 에너지가 질서를 갖기 시작했고, 내 의지에 따라 자신에게 부여된 길을 따르기 시작했다.

'으음, 장천이 남긴 것을 흡수하는구나.'

아바타가 입고 있는 하늘빛 전투 슈트가 짙은 푸른색으로 변하기 시작했고, 뒤 이어 주변의 전경도 바뀌었다.

동굴의 모습이 사라지고 건물 기둥들이 나타나고 있었다. 장천이 에너지를 이용해 구체화한 물질이 다시 에너지로 환원되어 아바타에게 흡수되고 있는 탓이었다.

아바타는 장천이 남긴 에너지를 흡수하는 동안 나는 에너지 입자에 남아 있는 장천의 사념을 읽는 데 주력했다.

어차피 혼원구를 이용해 에너지를 복제할 수 있기에 정보를 얻는 것에 주력한 것이다.

사념을 다 읽고 의미 있는 정보를 거의 추출했을 무렵 내 분신들은 이미 자취를 감춘 상태였고, 주변 공간은 완전히 바뀌어 있었다.

벽은 하나도 없고 건물을 지탱하는 기둥만이 남은 횅한 공간 중심에는 육각형의 커다란 물체가 남아 있었다.

건물 중심부에 묵중한 육각형의 물체로 다가가 어떤 것인지 살폈다.

'스페이스가 전해준 정보에도 없는 것들이다.'

에너지 스톤과 마도 금속으로 만들어진 물체에는 수많은 모양이 새겨져 있었다. 마법진이 분명하지만 스페이스에게서 전이받은 마도학에도 없는 것들이었다.

에너지를 흡수하며 에너지 입자에 남아 있던 장천의 사념으로부터 추출한 기억을 통해 기둥에 새겨진 문양들이 무엇을 뜻하는지 알 수 있었다.

'수 속성 계열의 기초 마법부터 극의에 이른 절대 마법까지 모든 단계의 마법들이 연계되어 불완전한 초월자였던 장천을 도왔던 것이로군. 이걸 이용해 초월의 벽을 넘고 부족한 부분을

채운 것이 분명하다.'

장천의 사념은 나에게 많은 것을 알려줬다.

그중에서도 제일 중요한 것은 어떤 식으로 힘을 키우고 어떻게 사용하는지에 대해서다.

암흑 대차원이라 부르는 곳의 전부는 아니었지만 이것만으로도 큰 도움이 될 것이다.

'여기는 끝났고…….'

내가 장천을 상대하는 동안 형들이 속한 타격 팀은 작전을 잘 끝냈는지 궁금해졌다.

— 성진이 형!

— 전부 제압해 에너지를 구속해 놓았다.

텔레파시를 보내자 곧바로 성공했다는 연락이 왔다.

— 고생했어.

— 거기는 어떻게 됐냐?

— 여기도 끝났어. 금방 갈 테니까 조금만 기다리고 있어.

— 알았다.

이곳에서 작전이 완전히 끝난 것이 아니기 때문에 텔레파시를 끊었다.

육각형 물체를 가지고 가야 하는데, 지구 대차원과는 완전히 다른 법칙으로 만들어진 탓에 아공간에 담을 수 없는 물건이다.

육각형의 물체에 손을 대고 심연의 심안을 일으켜 육각형 물체의 본질을 읽어나갔다.

"크크크크."

장천의 사념을 읽은 후에 어느 정도 감은 잡았지만, 아주 재미있다.

이건 정말 흥미로운 물건이다.

아주 흥미로운!

한백옥으로 지어진 지하 궁전에 들어선 헌원화는 궁전의 중심부를 행해 거침없이 나아갔다.

지하 궁전의 중심부에는 오각형으로 이루어진 거대한 구조물이 놓여 있었다.

다섯 면에 양각되어 있는 용들의 입에 물려 있는 여의주로 차원 경계가 허물어진 후 흘러 들어오는 에너지들이 집중되고 있는 것을 확인한 헌원화의 입가에 미소가 어렸다.

용들의 입에 물려 있는 여의주는 차원 에너지를 흡수하고 있었고, 얼마 있지 않아 그토록 바라던 것이 완성이 될 것이기 때문이다.

헌원화는 조심스러운 눈길로 여의주를 바라보았다.

다른 차원에서 흘러 들어오는 차원 에너지의 흡수가 거의 끝나 가는지 여의주들이 빛을 발하기 시작했다.

염원을 이루기 위해 오랜 세월 동안 기울여 온 자신이 노력이 이제 결실을 맺고 있음을 느끼고 있음을 느끼고 있는 헌원화의 눈이 벌겋게 욕망으로 물들었다.

커져 가는 욕망처럼 양각된 용들의 여의주의 광채가 점점 더 진해져 갔고, 마침내 여의주들이 각기 찬란한 색을 뿜어내며 빛 나기 시작했다.

"하하하하하!!! 드디어 완성됐다."

대변혁이 일어나고 모든 것을 기울인 일이었다.

반도의 떨거지들과 벌어진 전쟁에 패하는 것도 감수하면서 만들어야 했던 디바인 마크가 성공적으로 임무를 수행한 것이 다.

신의 권능이나 다름없는 여의주를 손에 넣은 헌원화는 솟아 오르는 기쁨을 감출 수 없었다.

"하하하하! 이제 치욕은 영광의 상처가 될 것이다."

대륙을 암암리에 지배하고 있는 대륙천안의 수장에 오른 후 남부러울 것이 없었던 그였다.

자신이 원하는 대로 중화가 성장한다면 미국을 대신해 지구 를 지배하는 패권 국가가 될 것이라고 확신하고 있던 그에게 절 망감을 준 것은 대변혁이었다.

대변혁이 일어난 그날!

치우를 물리치고 중화의 역사를 열었다고 일컬어지는 시조의 후손으로서 큰 자부심을 가지고 있던 헌원화는 진실을 알고 절망에 빠졌다.

자신의 시조가 세상을 만든 창조주를 배신한 존재의 하수인에 불과했으며, 치우를 이긴 것이 아니라 그의 아량으로 대륙을 맡아 관리하던 존재임을 깨달았기 때문이었다.

"너희들의 세상이라고 생각했지만, 시조께서는 올바른 선택을 하셨던 것이다. 이제부터 네놈들의 선택이 틀렸다는 것을 깨닫게 해주마."

차원 경계가 허물어지고 난 뒤 오늘에서야 자신의 시조에게 초월의 힘을 주었던 존재들이 가진 근원을 모두 모을 수 있었다.

대변혁이 일어나고 치욕스러운 진실을 알게 된 후 느꼈던 절망이 이제는 치유될 수 있을 것이 분명했기에 헌원화는 서둘러 디바인 마크로 다가갔다.

헌원화는 양각되어 있는 용들의 입에 물려 있는 여의주들을 하나하나 빼내어 오각형을 이루는 제단 위로 올려놓았다.

"하하하하! 이제 반고 일족의 권능이 힘이 세상에 다시 도래했으니 모든 것은 중화로 귀결될 것이다."

이제 반고 일족이 가진 권능인 혼돈을 자신의 것으로 만들 차례였다.

오행의 기운을 가진 여의주들이 하나로 합쳐져 모든 것의 근원이라고 할 수 있는 혼원을 부추기면 그것을 흡수함으로서 창조주의 반열에 들 수 있을 것이기에 헌원화는 서슴없이 제단을 가동시켰다.

오각형으로 이루어진 제단의 옆면에 양각되어 있던 용들이 꿈틀거리며 스며들 듯 안으로 들어가고 제단 위에 놓여 있던 여의주에서는 적청흑백황의 오색 입자들이 빠져나와 허공에 뭉치기 시작했다.

입자들이 합쳐지며 검은색으로 물들며 무겁고 어두운 기운을 뿌리는 가운데 헌원화의 신형이 둥실 떠올라 그 위에 자리했다.

검은 입자들이 뱀이 똬리를 틀 듯 헌원화의 몸을 감싸며 거칠고 사나운 기운이 지하 궁전으로 빠르게 퍼져 나갔다.

그와 함께 한백옥으로 이루어진 지하 궁전이 검게 물들기 시작했고, 무섭고도 두려운 마음이 저절로 들 만큼 어둠에 휩싸이고 있었다.

지하 궁전 전체를 자신의 의지로 장악한 헌원화가 조용히 눈을 떴다.

구름처럼 일렁이는 검은 기운에 휩싸인 채 눈을 뜬 헌원화의 눈에서는 붉은 기운이 줄기줄기 뿜어지고 있었다.

"크하하하하하!!!"

지구 대차원을 열었던 창조주가 가진 권능과 상극이자 모든 것을 흡수해 무한히 증식하는 파괴의 힘을 손에 넣은 헌원화의 입에서 광소가 터져 나왔다.

"이제부터 모든 것을 정리하고 그 위에 새로운 터전을 세울 것이다. 크하하하하!"

그토록 바라던 반고 일족의 권능을 손에 넣었다.

때를 기다리며 숨을 죽여 왔지만 이제는 그럴 필요가 없기에 헌원화는 곧바로 행동을 개시했다.

─ 권속들은 들으라! 새날이 도래했음이니, 너희의 발아래 놓인 것들을 전부 치워라!

헌원화는 텔레파시를 이용해 대륙천안에 속한 권속들에게 진군의 명령을 내렸다.

세상을 쟁취하기 위한 선전포고가 내려진 것이다.

식이 연결되어 있었던 탓에 자신이 내린 명령을 듣고 권속들이 일제히 움직이기 시작한 것을 확인한 헌원화는 제단에서 내려왔다.

헌원화는 곧바로 지하 궁전을 나와 주석궁으로 향했다.

공간 이동을 통해 갈 수도 있었지만 아직은 적수들에게 자신의 존재를 알릴 필요가 없기에 천천히 걸어서 움직였다.

예전이라면 비밀 통로를 통해 조용히 주석인 시천종을 만날 터였지만 대륙천안에 속한 권속이 이미 장악을 끝낸 탓인지 당당히 주석궁의 정문을 통해 들어갈 수 있었다.

주석인 시천종이 근무하는 집무실 앞에는 대륙천안 속한 권속이 헌원화를 기다리고 있었다.

"어서 오십시오, 천주님."

"시 주석은 안에 있느냐?"

"호태용 부주석과 함께 대기를 시켜 놓았습니다."

"후후후! 시간을 절약할 수 있겠군."

"들어가십시오."

"알았다."

헌원화는 권속이 열어주는 문을 지나 안으로 들어갔다.

집무실 안에 있는 커다란 소파에는 시천종과 호태용이 불안한 눈빛을 한 채 앉아 있었다.

'대륙천안이 어째서……'

'아직은 움직일 때가 되지 않은 것 같은데, 이상하군.'

주석궁이 누군가에 의해 빠르게 장악당했다는 것을 알았지만 그곳이 대륙천안일 것이라고는 생각하지 못했는지 두 사람의 눈에는 당혹감이 서렸다.

"어서 오시오, 천주."

"오랜만이군요, 천주."

"후후후, 오랜만이군."

예전과는 달리 헌원화의 말이 짧아진 것을 느끼며 시천종은 상황이 달라졌음을 알 수 있었다.

차원 경계가 무너진 후 그동안 별다른 이상이 없었기에 변해 버린 헌원화의 태도에 의문을 느낀 시천종이 입을 열었다.

"어떻게 된 것이오?"

"이제 제자리로 돌아가야 할 것 같아서 왔다."

"그게 무슨 무례한 말이오?"

호태용이 자리에서 벌떡 일어나 분노가 섞인 말을 토해내며 헌원화를 노려보았다.

"그동안 너희들에게 관리를 맡겨두었던 것을 찾으러 왔다는 말이다."

"죽으려고 환장을 했군."

호태용이 차갑게 눈빛을 굳히며 기세를 끌어 올렸다.

세상 사람들이 전혀 알지 못하는 자신의 진면목을 드러낸 것이다.

"목숨을 잃기 싫으면 알량한 능력으로 나서지 마라."

"네놈을!!"

"참게!!"

호태용이 헌원화를 향해 움직이려 하자 시천종이 의지가 섞인 목소리로 제지했다.

"부주석, 일단 앉게. 헌원 천주가 반고의 권능을 얻은 모양이니 말이야."

"알겠습니다."

시천종의 말에 호태용은 두말없이 자리에 앉았다.

철저하게 시천종에게 복종하는 모습을 보이는 호태용을 보면서 헌원화가 고개를 끄덕였다.

'세간에 알려진 것처럼 반목하는 것이 아니었군. 역시 만만하게 볼 자가 아니다.'

반목한다는 소문과는 달리 호태용은 시천종이 완전하게 제어하는 것이 분명했다.

'어떤 힘을 지녔는지 파악을 했어야 했는데……'

S급을 넘어서 초월의 반열에 든 호태용의 절대적인 충성을 받는 것을 보면서 헌원화는 그동안 시천종에 대해 전부 알아내지 못한 것이 못내 아쉬웠다.

"이제 대륙천안이 전면에 나서는 것이오?"

"그래야 할 것 같다."

"하긴, 이제 국가라는 체계는 필요 없는 세상이 되었으니 나설 만도 하오."

"아쉽지 않나?"

"아쉬운 것이 뭐가 있겠소. 앞으로 벌어질 전쟁은 인간의 싸움이 아닌 것을 말이오. 모든 것을 넘겨줄 테니 중화를 세상이라는 반석 위에 올려놔 주시면 감사할 따름이오."

"좋은 생각이다. 우리끼리 반목한다면 적들만 이로운 뿐이니까."

"그래, 우리들은 어떻게 할 생각이오?"

"충돌 없이 전부 준다니 자유롭게 풀어줄 것이다. 그래도 중화를 위해 애쓴 공로가 있으니 말이다."

"하하하! 고맙소. 그러지 않아도 조금 쉬고 싶었는데. 지금 벗어나도 되겠소?"

"좋을 대로 하도록."

"우리는 그만 나가보겠소."

시천종은 가볍게 눈인사를 한 후 자리에서 일어나자 호태용도 뒤를 따라 일어났다.

두 사람이 집무실을 빠져나가는 동안 헌원화는 시천종이 일을 하던 책상으로 가서 자리에 앉았다.

"후후후, 역시 대단한 자다. 반고의 권능을 얻었음에도 가늠이 되지를 않으니……."

만나자마자 시천종에서 반고 일족이 가진 혼돈의 권능과 비슷한 유형의 권능을 느꼈다.

모든 것을 파괴해 버리는 특별한 힘이 시천종의 내부에 꿈틀거리는 것을 확인한 후 마음을 바꿔야 했다.

"후후후, 누구의 권능을 얻었는지 모르겠지만 될 수 있으면 크게 키워라."

시천종이 초월자인 것이 기꺼웠다.

모든 것을 빨아들이는 반고의 권능으로서 먹음직스러운 먹이에 지나지 않았다.

"네가 가진 것은 내 것이 될 것이다. 그리고 그것을 통해 거듭날 것이다."

본래는 시천종을 굴복시켜 자신의 휘하로 받아들이려고 했지만 이제는 아니었다.

조금 전에 자신이 느꼈던 시천종의 역량으로 봤을 때 절대 굴복하지 않을 것이 분명하기에 마지막 조치를 취하기로 했다.

제 9 장

집무실을 나선 시천종은 밖으로 나간 후 자신의 차에 올라탔다.

그의 뒤를 따라 보조석에 탄 호태용이 입을 열었다.

"어디로 가실 생각입니까?"

"그곳으로 간다."

"대륙천안의 눈이라면 그곳도 이미 알고 있을 겁니다."

"그렇겠지. 하지만 우리는 지금 그곳에 갈 수밖에 없다. 영후가 진행하고 있는 일이 어떻게 됐는지 확인은 하고 가야 하니 말이다."

"그렇지만 헌원 그 늙은이가 우리를 추적할 수도 있습니다.

어떻게 하실 생각이십니까?"

"태용아, 아직 시간이 있다. 놈이 반고의 권능을 손에 쥐기는
했지만, 아직은 완전하지 않은 상태니 말이다. 놈도 그걸 알고
우리를 놔준 것이고."

"놈을 얕봐서는 안 됩니다. 모든 것을 얻고서 역정보를 흘릴
가능성도 있으니 말입니다."

"놈도 내가 가지고 있는 것을 얻어야 하니 완전했다면 벌써
움직였을 것이다. 그러니 염려하지 않아도 된다. 그리고 영후가
하고 있는 일을 확인하고 나면 내 행적을 흘릴 생각이다."

"위험합니다, 형님."

시천종이 무엇을 하려는지 알게 되었지만 호태용으로서는 위
험해 보이는 계획을 찬성할 수 없었다.

"내가 권능을 활성화시키지 않는 이상 놈은 그것을 얻지 못
한다. 무슨 일을 저지를지 도저히 예측할 수 없는 놈이다. 놈은
우리가 움직여 주기를 바라니 따라줘야 한다. 나머지는 영후가
준비를 하고 있으니 염려하지 마라."

"영후가 놈이 움직인 이후의 일까지 준비를 해두었다는 말씀
입니까?"

"그래. 천운이 닿아 마법 투사체가 완성이 됐다고 한다. 더군
다나 무가들을 움직였으니 충분히 대비가 될 것이다."

"하지만 그들은……."

"놈은 우리가 그들과 반목하고 있다고 알고 있겠지만 그렇지 않다."

"그들이 진정으로 협력을 할까요?"

"헌원화가 내가 가진 것을 얻으면 세상에 종말이 온다는 것을 그들도 알고 있다. 더군다나 자존심이 다친 만큼 진정은 아닐 테지만 우리가 원하는 만큼은 협력을 할 것이다."

"그러면 형님 계획대로 움직일 수밖에 없군요."

"그래. 그것이 최선이니 말이다. 하지만 반도가 문제다. 배후에 있는 자들이 움직이기 시작하면 헌원화 그 늙은이가 불러올 파국은 아무것도 아닐 테니까 말이다."

"형님 말씀대로 반도에 있는 놈들에 대한 정보가 없으니 이래저래 움직일 수밖에 없는 상황이군요."

"그래. 이미 기호지세이니 어쩔 수 없는 상황이다. 헌원화도 그걸 알고 우리를 풀어준 것이다. 놈에게는 천재일우의 기회가 될 수도 있으니 말이다."

"그렇겠군요. 무슨 말씀인지 알겠습니다."

지구 대차원에서 가장 강력한 전력을 가지고 있는 이들은 대한민국의 국가정보원이다.

대변혁 이후 나타나기 시작한 각성자들을 제일 많이 흡수했을 뿐만 아니라, 그중에서도 S급 진성 능력자들이 대거 포함된 7국의 경우에는 지구 대차원의 일에 전격적으로 관여함으로써 막대한 힘을 얻을 것으로 파악이 되고 있었다.

'헌원화는 권능을 완벽하게 발휘할 수 있는 열쇠를 아직 손에 쥐지 않았지만 7국이라는 정체불명의 조직에 속한 괴물들은 이제 모든 족쇄가 풀린 상태일 테니까 주석의 계획대로 모험을 하는 수밖에 없다. 그렇지 않다면 세상은 종말을 맞이할 테니까.'

7국에 속한 초월자들이 지구 대차원과 상극인 암흑 대차원에도 관여해 카오스의 권능까지 손에 쥔 것으로 파악이 되고 있었다.

그들이 나선다면 헌원화의 일과는 비교도 되지 않는다는 것을 알고 있었기에 호태용은 수긍할 수밖에 없었다.

호태용이 생각에 잠기는 동안 시천종이 모는 차는 목표한 곳에 거의 다다르고 있었다.

시천종이 자신의 차를 몰고 향한 곳은 성찬이 주환이라는 신분으로 설립한 회사가 있는 빌딩이었다.

빌딩에 도착한 시천종은 지하 주차장으로 향했다.

모든 것이 무인으로 관리가 되기에 주차장에는 상주하는 인원이 없었다.

"어떤지 살펴봐라."

"빌딩 안팎에 특별한 에너지 파장이 없는 것을 보면 위험 요소는 없는 것 같습니다."

"그럴 리가 없는데, 이상하군."

틀림없이 대륙천안의 손길이 닿았다고 생각했는데, 의외가 아닐 수 없었다.

"아직 대륙천안의 눈이 주시하지 않는 것을 보면 주환이라는 자가 철저하게 관리를 한 모양입니다."

"그자가 한 것이기보다는 하오문이 이곳을 맡아서 관리했기 때문일 거다."

"으음, 그렇겠군요. 하오문은 대륙천안과 오랜 세월동안 전쟁을 치러왔으니 누구보다 놈들에 대해 잘 알고 있으니 말입니다."

"그렇겠지. 이곳에 와서 느낀 것이기는 하지만 헌원 그놈도 하오문에 대해서는 완전히 파악을 하지 못하고 있는 것이 분명하다. 알고 있었다면 이렇게까지 우리를 놔주지 않았을 테니까 말이다. 일단 내리자."

"예."

차에서 내린 두 사람은 엘리베이터로 향했다.

엘리베이터에 올라타 원하는 층으로 이동했다.

그곳은 마법 투사체를 연구하려고 입주한 일행이 있는 곳이었다.

출입문에 설치된 장치에 보안키를 입력하고 안으로 들어서자 서태진이 두 사람을 맞았다.

"오랜만이다."

"오랜만에 뵙습니다, 주석."

"영후는 어디 있느냐?"

"최종 실험을 진행하고 있습니다."

"성과는 나온 것이냐?"

"지금까지 실험한 결과로 봤을 때 목표한 수준은 충분히 도달한 것 같습니다."

"잘됐군. 그럼 가보자."

"제가 안내하겠습니다."

서태진은 두 사람 보다 앞장서서 보안장치를 해제하며 실험실로 향했다.

세 개의 보안문을 지나 도착한 곳에는 시천종의 아들인 시영후를 비롯해 유대헌과 문세원이 함께 있었다.

그들만 있는 것이 아니었다.

티엔샤 바이오의 호중방과 국가안전부의 부부장인 호장민도 함께 있었다.

"그동안 고생들 많이 했다. 특히 중방이가 애를 많이 썼구나."

시천종은 모여 있는 사람들 중에서 호중방을 가리키며 칭찬을 했다.

대륙천안에서 진행되는 클론 프로젝트를 추진하며 인간적인 고뇌를 많이 겪었음에도 헌원화가 알아차리지 못하게 임무를 완수했기 때문이었다.

"아닙니다, 주석. 동료들의 희생이 있었기에 성공할 수 있었던 것뿐입니다."

"맞는 말이다. 너희들도 고생이 많았지만, 무수한 희생이 밑바탕이 되었기에 가능한 일이었으니 그들을 잊지 말아야 할 것이다."

"예!!! 주석!"

괴물들의 틈바구니에서 세상을 구하기 위해 의기 하나로 희생된 이들을 생각하며 모여 있는 이들이 일제히 대답을 했다.

"실험은 어떻게 되고 있는 것이냐?"

"방금 모든 실험을 마쳤습니다."

"성능은 어떻다냐?"

"이번에 개발된 전투 슈트에 발사체를 장착하고 실험을 했는데, 결과가 아주 만족스럽습니다."

"에너지 집합체에서 효과가 있었던 것이냐?"

"출력을 최대로 할 경우라면 S급도 충분히 처리할 수 있을 겁니다."

"하하하하! 성공이라니 다행이다. 그동안은 실패할까 마음을 졸였는데, 이제 안심해도 될 것 같구나."

시천종은 자신의 선택이 틀리지 않다는 것을 확인하고 불안

했던 마음을 어느 정도 진정시킬 수 있었다.

"그렇습니다, 아버님. 양산 체제까지 갖추었으니 이제 티엔샤 바이오에서 생산하기만 하면 됩니다."

"그래, 곧바로 생산을 시작하도록 해라. 보안이 생명인 만큼 절대 대륙천안에 알려져서는 안 된다. 하오문도 마찬가지고 말이다."

"알고 있습니다."

"그나저나 무가들은 어떤 상태냐?"

"남궁가의 소가주를 중심으로 이미 작전을 수행하고 있는 중입니다."

"누가 주축이 되어 움직이는 것이냐?"

"남궁호와 그의 동생인 남궁혜미가 작전을 주관하고 있습니다. 나머지 사대 세가를 비롯해 구대 문파의 소장파들도 모두 참여하고 있으니 어느 정도 성과는 거둘 수 있을 것 같습니다."

"무사히 작전이 시행이 되다니 다행이기는 하지만 어떻게 괴물들의 시선을 피한 것이냐?"

"하오문의 도움을 조금 받았습니다. 덕분에 대륙천안과 괴물들이 시선을 피할 수 있었습니다."

"으음, 잡것들은 문제가 되지 않지만 그 괴물들이 걱정이었는데, 다행이구나."

"그렇습니다, 아버님. 괴물들이 수뇌부를 장악하고 있다고는 하지만 남궁호가 진행 중인 작전은 분명히 성공할 겁니다."

"혹시나 모르니 지원할 준비도 해두어라."

"예, 아버님."

두 사람의 대화에 가장 큰 문제가 해결이 되었기에 다들 고개를 끄덕였다.

1차 대변혁이 일어난 후 무림의 인원들이 강력한 무공을 전수받는 것과 함께 화경에 이를 수 있는 방법을 대가로 대거 대륙천안에 포섭이 되었다.

본성을 깨닫고 전해 내려오는 무공의 이치를 어느 정도 알게 되어 각성자에 버금가는 힘을 지닐 수 있다는 사실을 알게 된 무인들에게 대륙천안이 보낸 제안은 무척이나 달콤한 것이었던 것이다.

대륙천안에서는 이들에게 강력한 무공을 제공했을 뿐만 아니라 그것을 제대로 사용할 수 있도록 내공까지 쌓게 해주었다.

암흑 대차원으로 향하는 게이트를 열어 그때 발생하는 에너지를 이용한 탓에 엄청난 내공을 쌓을 수 있었던 그들은 대륙천안에 충성을 다하고 있는 중이었다.

포섭된 이들 대부분이 낭인 출신이거나 우연히 무공을 얻을 자들이었으나 그렇지 않은 자들도 있었다.

이름난 무가나 문파들에 속한 자들 중에도 비밀리에 대륙천안에 가담한 자들이 있었다. 대륙천안에 의해 세뇌가 되거나,

문파보다는 자신의 욕망을 우선하는 자들이었다.

이런 자들은 사실 무공만 높을 뿐, 차원 에너지를 온전히 사용할 수 없기에 문제가 없었다.

차원 에너지를 다룰 수 있는 각성자라면 누구나 손쉽게 제거가 가능했기 때문이었다.

문제는 괴물들이라 불리는 자들이었다.

괴물들이라 불리는 이들은 아주 어렸을 때 무가나 문파에 침투한 자들이었다.

수천 년 내려오는 무림의 역사 속에서 초월자라 불리던 이들이 남긴 무공을 얻기 위해서 대륙천안에서 침투시켰던 자들이다. 1차 대변혁 당시 이들은 다른 이들과는 달리 본성을 깨달은 것이 아니라 차원 에너지를 얻었다.

그들은 정체를 드러내지 않은 채 차원 에너지의 힘을 이용해 사장되어 있는 무공을 되살려 문파를 중흥시키는 데 앞장섰다.

입지를 다지며 수뇌부로 올라 선 그들은 신화급의 무공에 접근해 익힐 수 있었고, 그 누구도 넘볼 수 없는 능력을 쌓은 후 대륙천안의 목적은 위해 움직였다.

인간이 해서는 안 되는 일들을 서슴없이 저지르며 암흑 대차원이 지구 대차원을 잠식하는 데 전력을 아끼지 않았다.

세상의 멸망을 향해 나아가고 있지만 워낙 철저하게 행동하고, 대부분이 수뇌부가 된 탓에 무가나 문파 내에 알아낸 이가 거의 없었다. 이를 눈치챈 이가 바로 국가안전부를 맡고 있던 시영후였다.

의기를 가지고 있던 소장파를 대상으로 대륙천안의 음모와 수뇌부를 비밀리에 장악하고 있는 첩자들에 대한 정보를 제공한 후 문파들을 되살릴 수 있는 방법을 알려주었던 것이다.

시영후의 정보를 전해 받은 이들은 세상을 파멸로 이끄는 자들을 막기 위해 남궁가의 남궁호를 중심으로 모여들기 시작했고, 이제 최후의 결전을 위해 움직이는 중이다.

"그런데 하오문에는 뭘 주기로 한 것이기에 도움을 받을 수 있었던 것이냐?"

"이상하게도 바라는 것이 없습니다."

"바라는 것이 없다고?"

뜻밖의 말에 시천종이 놀라 물었다.

"대륙천안을 세상에서 지워달라는 것 이외에는 그들이 바라는 것은 아무것도 없었습니다."

"많은 희생을 치렀는데도 바라는 것이 없다니, 무슨 속인지 알 수가 없구나."

"역사가 시작된 이후로 대륙천안과 끊임없이 대립한 것이 바로 하오문입니다. 그동안 쌓인 원한이 골수에 사무쳐서 그런 모양입니다."

"으음, 나도 그럴 것이라고는 생각되지만 결코 안심할 수는 없는 자들이다. 따지고 들자면 그들은 우리와 한 배를 탈 수 없는 사이니 말이다."

"알고 있습니다."

"이미 알고 있다니 더 이상 할 말은 없다만, 매사에 신중을 기하도록 해라. 이번 작전이 대륙천안의 그늘에서 벗어날 수 있는 유일한 길이니 말이다."

"예, 아버님."

"그건 그렇고, 전투 슈트와 투사체가 완성이 되었다니 나도 시험을 해보고 싶은데, 어떠냐?"

"그러십시오."

시영후는 실험실 안으로 들어가 전투 슈트를 꺼내 들고 밖으로 나왔다.

"한 번 입어 보십시오. 오래 전에 확보한 마력 코인을 이용해 차원 네트워크인 마도 네트워크와 연동을 시킨 터라 쉽게 사용하실 수 있을 겁니다."

"알았다."

시천종은 자신의 아들이 내민 슈트를 받아들었다.

"어떻게 입으면 되는 것이냐?"

"의지를 일으키면 알아서 착용이 될 겁니다."

촤르르르르.

시영후의 말이 끝나기 무섭게 시천종이 들고 있는 전투 슈트가 해체되더니 옷 위로 다시 합쳐졌다.

1초도 걸리지 않는 시간에 완벽하게 전투 상태가 되어 있음을 확인한 시천종은 마음이 무척이나 흡족했다.

마도 네트워크에 연결이 되어 있는 탓에 의식과 곧바로 접속이 되었던 터라 전투 슈트의 성능을 바로 알 수 있었기 때문이었다.

"시제품은 얼마나 만들어진 것이냐?"

"여기 있는 인원은 전부 착용할 수 있습니다."

"그러면 바로 지급해 주도록 하고, 나머지 인원들에게도 최대한 빨리 보급하도록 해라."

"예, 아버님."

"그나저나 반도는 어떤 상태냐?"

"2차 대변혁이 시작된 이후로는 정보를 전혀 파악할 수가 없습니다."

"아무 소식도 없다는 말이냐?"

"그렇습니다."

"화티엔 그룹도 그렇지만, 삼합회도 소식을 전해올 수 없다니, 큰일이구나."

"그들은 어차피 버린 패입니다. 대륙천안의 손길이 닿은 이상 올바른 정보를 줄 리도 없고 말입니다."

"그렇기는 하지만 그나마 반도의 소식을 들을 수 있는 유일한 채널이었는데, 아쉽구나."

"처음부터 쉬운 일은 아니었으니 너무 아쉬워 마십시오. 그리고 조만간 반도의 정보를 알 수 있을지도 모르니 말입니다."

"방법이 있는 것이냐?"

"하오문에서는 반도의 정보를 파악하는 것이 가능한 것 같았습니다. 그러니 조만간 파악이 가능할 겁니다."

"반드시 알아내야 한다. 헌원화 그 늙은이보다 더욱 중요한 것이 반도의 동향이다. 이번 대변혁이 어째서 발생한 것인지 모르지만 7국이 움직인 결과라면 지금까지 우리가 준비한 것이 아무 소용이 없을지 모르니 말이다."

"알고 있습니다, 아버님."

무엇보다 중요한 일이라는 것을 알고 있는 시영후는 각오어린 눈빛으로 대답을 했다.

"영후야. 이제 우리는 이곳을 떠나야 한다. 그러니 이후의 일에 대해서는 너에게 맡기도록 하마. 조금만 더 고생을 해 다오."

"예, 아버님. 어서 떠나십시오. 헌원 그 늙은이가 알아차릴 수도 있으니 말입니다."

"알았다. 그러면 우리는 이만 떠나마. 다들 영후를 따라 최선을 다해주기를 바란다."

"최선을 다하겠습니다, 주석."

호태용을 제외한 모든 인원이 큰 소리로 대답하자 시천종이 고개를 끄덕였다.

스스로의 안위를 도외시하고 모든 것을 바친 이들이라 믿음직스러웠다.

"이만 떠나도록 하세."

"알겠습니다, 형님."

호태용의 대답이 끝나기 무섭게 두 사람의 모습이 푸른빛에 휩싸였다가 이내 사라졌다.

공간 이동을 통해 다른 차원으로 이동을 한 것이었다.

"이제 여기는 철수해도 될 것 같으니 이동하도록 하자. 우선 전투 슈트부터 착용한 후 모든 자료를 챙긴다."

"알겠습니다."

시영후의 명령에 모두들 바쁘게 움직이기 시작했다.

시천종과 호태용이 지구를 떠나 다른 차원으로 갔다는 것이 알려지게 된다면 헌원화가 움직일 것이 분명하기에 서둘러 자리를 떠나야 했다.

시천종이 빌딩 안으로 찾아와 자신의 수족들에게 일을 맡기고 떠나기까지 조용히 지켜보는 눈이 있었다.

하오문 수장인 유백상과 하오문의 총사로 성찬에 의해 창투의 전문 경영인이 된 유미리였다.

"예상대로 움직이는 것 같습니다, 아버님."

"대륙천안의 헌원화도 탈을 벗을 준비를 끝낸 것 같으니 연락을 해야 될 것 같다. 언니에게 연락을 하도록 해라."

"그 사람에게는 어떻게 할까요?"

"글쎄다."

"그 사람의 목적은 모르지만 반드시 연락을 해야 합니다, 아버지."

"으음."

단순히 하오문도들의 삶을 보장하는 것이 목적이라면 연락을 하는 것이 맞지만 세상의 멸망과 관련된 일에 어떤 의도를 가지고 있는지도 모르는 주환에 연락을 하는 것이 유백상은 꺼려졌다.

"주환이라는 신분이 그가 만들어낸 것이라고는 하지만 제가 만나 본 바로는 헌원화나 시천종 같은 자가 아니었습니다. 시천종도 알아차리지 못한 정도의 이런 장치를 만든 자라면 분명히 세상에 도움이 될 겁니다."

유미리는 눈앞에 있는 모니터를 가리켰다.

모니터에 비치는 자들은 모두 S급을 넘어 초월 지경에 다른 자들이었다.

더군다나 방금 전에 사라진 시천종과 호태용은 드러내지 않았지만 신이라 불리는 존재들이 가졌다는 권능을 손에 쥐었음에도 알아차리지 못했다.

이런 장치를 만들었다면 딸의 말대로 엄청난 힘을 가지고 있을 것이 분명하지만 유백상은 그 엄청난 힘이 어떤 목표를 가지고 있는 것인지 몰라 두려움을 떨쳐 버릴 수 없었다.

"아버지!!"

주환이라는 탈을 뒤집어 쓴 성찬을 처음 본 순간, 운명을 이겨낼 존재를 봤다고 생각하고 있던 유미리는 생각에 잠겨 있는 유백상을 재촉했다.

"알았다. 그에게도 연락을 하도록 해라. 한국의 국정원에서 알아차릴 수도 있으니 연락은 마도 네트워크를 통해서 하도록 해라."

"잘 생각하셨어요, 아버지. 그는 우리에게 빛이 되어줄 겁니다."

유미리는 모니터를 닫고 키보드를 두들겨 마도 네트워크를 열었다.

누가 만든 것인지 모르지만 차원을 연결시키는 이 네트워크는 당사자를 제외하고는 신이라고 안의 내용을 알 수 없는 보안성을 유지하고 있다는 것을 알기에 유미리는 그간 알아낸 정보들을 창투의 주인과 언니에게 보냈다.

"보냈어요, 아버지."

"대륙천안의 괴물이 움직일 테니 우리도 떠나자."

"예."

파팟!

대답과 동시에 두 사람의 모습이 맨션에서 사라졌다.

괴물들의 움직임이 임박한 지금 하오문도 살아남기 위해 최선을 다해야 할 시간이 찾아왔기 때문이었다.

공간 이동으로 두 사람이 이동한 곳은 오룡대반점이었다.

시천종이 창투에 도착한 무렵 이미 연락을 취한 터라 하오문의 수뇌부들이 모두 모여 있었다.

"다들 오셨습니까?"

"수뇌부는 빠짐없이 모두 모였습니다."

"세상을 향해 괴물들이 움직이기 시작했습니다. 우리 또한 그동안 준비한 대로 행동을 개시합니다. 각자 맡은 임무대로 지금 바로 움직이십시오. 지금부터 하오천령을 발동합니다."

"명을 받듭니다!!!!"

하오문의 수뇌부들을 이루는 사부의 인물들이 포권을 하며 일제히 대답을 했다.

"보중하십시오!!"

"알겠습니다. 다들 보중하십시오."

파파파파파팟!

유백상의 염려 섞인 인사가 끝나자 하오문도들이 일제 공간을 건너 뛰어 목적지로 이동하기 시작했다.

하오문의 수뇌부가 이동하는 곳은 지구 대차원을 이루는 여덟 개의 다른 차원이었다.

지구는 유백상을 비롯한 문주 일가가 맡아 처리하기로 계획이 되어 있었기 때문이었다.

"미리야, 우리도 마무리를 하고 가자."

"그래요, 아버지. 언니가 준비를 하고 있을 겁니다."

"그래."

미리 준비를 해두기는 했지만 대류천안을 대비해 마지막으로 오룡대반점을 점검했다.

기억을 잔상을 모두 지우고, 단서가 될 만한 흔적들도 빠짐없이 없앴다.

"아버지, 이제 다 끝났으니 가요."

"그래, 떠나자."

파팟!

마무리를 끝낸 두 사람은 다시 한 번 공간을 건너 뛰어 한반도로 향했다.

창조주를 배신한 초월자들과 암흑 대차원에서 건너오게 될 존재들을 상대하기 위한 마지막 안배를 위해서였다.

그동안 유백상의 행동을 지켜보고 있었지만, 이렇게 연락이

올 줄은 몰랐다.

장천을 처리한 후 꽤 많은 정보를 얻었지만, 해석하는 데에 어려움이 있었다. 때마침 보내온 유미리의 정보가 해석에 도움이 되었다.

"후후후, 암흑 대차원의 영향을 받은 자들은 저것을 이용해 본신의 힘을 되찾고 있고, 창조주를 배신한 초월자들은 자신의 힘을 되찾기 위해 지구를 떠나 각 차원으로 향하고 있다는 말이지."

그동안 알아낸 것과 대비를 해보니 정보는 상당히 신뢰할 만했다.

특히나 장천이 만들었던 디바인 마크에 대한 정보를 보니 하오문에 대해 다시 생각을 해야 할 것 같다.

나를 따를 수밖에 없는 처지이지만 그동안 유백상의 의도가 완전히 파악되지 않아 제외를 해두고 있었는데 보내온 정보를 보니 아무래도 이번 계획에 끌어들여야 할 것 같다.

하오문이 가진 목표가 나와 다를 것이 없으니 말이다.

"나를 믿지 않는 아버지를 설득하고 이런 정보를 보내오다니 대단한 사람이다."

창투를 맡길 때 보고 교류가 없었던 유미리가 결단을 내리는 것을 보고 마음에 들었다.

언니인 유연하만큼이나 강단이 있는 것 같았다.

"그나저나 맞을 준비를 해야겠군."

대한민국에 있는 하오문의 뿌리와 함께 세상의 종말을 막기 위해 조금 있으면 유백상과 유미리가 올 것이다.

사형의 세력권 내로 공간 이동을 해올 생각인 것 같으니 작전 반경 내에 있는 문도들에게 연락을 취해야 했다.

공간 이동의 파장을 적으로 오인하여 공격하는 일이 없도록 하기 위해서다.

— 조금 있으면 공간이 열릴 것이다. 협력자들이니 공격하지 말도록.

— 알겠습니다. 관제 시스템을 통해 문도들에게 연락을 하겠습니다. 그런데 그곳은 정리가 끝난 겁니까?

— 완벽히 정리됐다. 현화, 작전 상황은 어떻지?

— 작전 반경 내에 있는 문도들도 정리를 끝냈습니다. 그리고 혹시나 있을지 모르는 반격에 대비하고 있는 중입니다.

— 여기를 끝으로 잔당은 더 이상 없는 것 같다. 난 곧바로 타격 팀으로 갈 테니 이후 상황은 현화가 주도하도록.

— 알겠습니다.

팟!

현화와의 통신을 끝내고 공간을 도약해 성진이 형이 있는 곳으로 향했다.

"에너지 파장이 심상치 않던데, 고생했다."

"고생까지야. 이동 준비는 끝난 것 같은데, 곧바로 이동하면 되지?"

"그래. 우리는 이동하면 되지만 넌 여기 있을 거냐?"

공간이 열린다고 연락을 한 때문인지 성진이 형이 걱정스레 물었다.

"중국에서 사람들이 올 거야."

"중국에서?"

"전에 말했던 하오문의 문주와 총사가 이곳으로 공간 이동을 할 생각인가 봐."

"으음, 국정원이 알아차릴 수도 있다."

"걱정하지 마. 좌표축을 비틀어 알아차릴 수 없을 테니까 말이야."

"어련히 알아서 하겠지만 조심해라."

"알았어. 어서 떠나기나 해. 저들의 존재가 국정원에 알려지기라도 하면 걷잡을 수 없으니 말이야."

"알았다. 이만 가마. 조심해라."

"알았어."

타격 팀원들이 비공정을 타기 위해 쓰러진 자들을 들쳐 업고 옥상으로 올라갔다.

곧장 기지로 옮겨질 것이고, 국정원에서 오는 자들에게는 삼환대가 잡아 놓은 자들만 넘기면 될 것이다.

제압된 자들도 장천이나 여기에 있었던 자들에 대해서는 모를 테니 우리가 무엇을 하고 있는지 정확히 파악하지는 못할 것이다.

— 현화, 들었지?

— 들었습니다.

— 국정원에는 하오문주와 총사가 온 후에 연락을 하면 될 거야. 좌표축을 비틀기는 했지만, 마도 네트워크를 활용해 다시 한 번 흔적을 지워줘.

— 이미 지우고 있습니다.

— 삼환대는 모두 여기로 집결하라고 하고, 두 사람이 온 후에 나는 거기로 갈 테니까 국정원에 연락하는 것은 그 뒤에 해줘.

— 알겠습니다.

현화와 연락을 끝낸 뒤에 유백상과 유미리에게 집중했다.

하오문도들을 다른 차원에 보내고 난 뒤에 오룡대반점에 남은 흔적들을 지우고 있었다.

'조금 있으면 공간 이동을 하겠군. 목적지가 어디인지 모르지만 이곳으로 유도를 해야겠다.'

두 사람은 목적지를 정하고 공간 이동을 하겠지만 심연의 심안을 이용해 약간 비틀기만 해도 아무 탈 없이 이곳으로 이동을 시킬 수 있기에 직접 관여하기로 했다.

창투에 남겨 놓은 아르고스를 이용해 두 사람의 행동에 간섭을 할 수 있기 때문이다.

마침내 정리를 끝내고 공간 이동을 시작하는 것을 보며 좌표를 이곳으로 옮겼다.

스르르르.

유백상과 유미리의 신형이 모습을 드러냈다.

자신들이 목표한 곳과는 달라서인지 무척이나 놀라더니 이내 전투 슈트로 몸을 감쌌다.

'아차!'

장천을 제압하면서 착용한 전투 슈트를 아직 해제하지 않고 있었기에 머리 부분을 열었다.

슈슈슈슈슝!!!

두 부녀는 다른 곳에 도착하고 난 뒤 전투 슈트를 착용해 정체를 알 수 없는 나를 보는 순간부터 이미 공격하기로 마음을 먹었는지 에너지로 유형화된 비수들이 허공을 날고 있었다.

티티티티티팅!

곧바로 수십 개의 비수가 내 손길에 튕겨져 나갔고, 전투 슈트를 해제하며 주환으로 변신한 얼굴을 확인했는지 더 이상의 공격은 없었다.

"으음."

"음."

내 모습을 주의 깊게 살핀 두 사람은 여러 가지 의미가 담긴 신음을 토하면서도 나를 향한 경계심을 늦추지 않고 있었다.

"주군이 맞습니까?"

"후후후, 글쎄요."

채채채채채챙!

내 말일 끝나기 무섭게 두 사람의 몸에 고슴도치의 가시가 일어난 것처럼 유형화된 비수들이 생성이 되었다.

"무슨 뜻입니까?"

"당신이 진정으로 나를 주군으로 생각하는지 알 수 없다는 말입니다."

"으음."

"아버지는 주군의 목적을 확신할 수 없어서 그런 겁니다."

유백상이 신음을 흘리자 유미리가 나섰다.

"내 목적을 모른다고 맹세를 저버리는 겁니까?"

"세상의 멸망을 두고 도박을 할 수 없는 심정을 헤아려 주십시오, 주군."

"오오! 유미리 당신은 아버지와 다른 생각인 것 같군."

"전 주군을 믿습니다."

"아버지가 아니라 나를 믿는다는 겁니까?"

"다른 것에 대해서는 잘 모르겠지만, 주군께서는 우리 하오문과 같이 세상을 구하기 위해 움직이신다는 것을 믿고 있기 때문입니다."

"재미있군요."

내 목적을 알고 있다니 놀라운 일이지만 유미리를 자세히 살펴보니 저렇게 나를 믿는 이유를 알 수 있을 것 같다.

그녀는 무공을 익힌 것뿐만이 아니라 샴발라에 가지 않고도 능력을 각성한 S급 진성 능력자다.

스스로 차원 씨앗을 발아시킨 존재인 것이다.

그녀의 본성은 관찰이고 세상을 살펴 정보를 알아낼 수 있는 능력을 각성했다.

각성한 후 발휘할 수 있는 능력이 아주 단편적이기는 하지만 그 정도는 현화를 능가하고 있으니 어느 정도 내 목적을 알아차릴 수 있었을 것이다.

스르르르!

주환으로 변신했던 모습을 풀었다.

본래의 모습으로 돌아가자 두 사람이 많이 놀란 것 같다.

주환의 얼굴이 변신한 것이라는 것을 이미 예상을 하고 있었겠지만 아는 얼굴이라 그런 것 같다.

'역시, 눈빛이 흔들리는 것을 보니 나에 대해서도 이미 알고 있는 것 같군. 유연하가 차원정보학과에 다니는 이들과 친분을 유지하고 있는 이유가 있겠군.'

유연하의 가게는 차원정보학과에 다니는 학생들이 많이 드나든다.

유독 친밀하게 대해주는 탓도 있지만 특별식이라고 간혹 내

주는 음식들이 에너지를 증강시키는 터라 알아서 찾아가기 때문이었다.

나 역시 유연하의 가게를 드나들었으니 나에 대해서도 정보가 들어갔을 것이다.

확보하려는 인재 중에 하나가 나였으니 놀라고 있는 것이고 말이다.

"후후후, 나에 대해서 알고 있었던 모양이군."

"알고는 있지만 주군일 줄은 몰랐습니다."

"그런가? 그래도 나를 믿는 건가?"

"믿고 있습니다. 제 본성을 걸고 맹세합니다."

"좋아! 당신이 나를 믿는다니 나도 믿고 싶어지는군. 그런데 어째서 여기로 온 거지? 재작년부터 연락도 잘 보내지 않더니 말이야."

"대륙천안이 움직임을 멈췄고, 시천종을 비롯한 중국정부도 별다른 움직임이 없었습니다. 그리고 얻은 것들 또한 시시한 것들이라 주군께 보내봐야 쓸데없는 정보라고 생각했습니다."

"좋아. 그건 그렇다 치고. 유연하는 어째서 한국에 들어와 있었던 거지? 들어온 지도 오래되었고, 차원정보학과의 학생들과 유독 친밀하게 지내는 것을 보면 뭔가 목적이 있을 텐데 말이야."

"언니가 한국으로 들어온 것은 하오문의 임무를 수행하기 위해서였습니다. 오기 전에 정보를 보내드렸지만, 하오문의 진짜 사명은 초월자들이 만들어놓은 디바인 마크를 찾아 제거하는 것입니다. 언니는 그것을 위해 사전에 한국에 들어와 인재들을 찾은 겁니다."

"차원정보학과에 다니는 이들이 각성을 하게 되면 그들을 활용해 디바인 마크라는 것을 제거할 생각이었다는 건가?"

"그렇습니다."

정보를 얻은 후 장천을 상대한 후 얻은 것이 디바인 마크라는 것을 알았다.

능력자가 가진 에너지를 증폭시킬 뿐만 아니라 속성을 강화시켜 초월자에 준하는 능력을 발휘하게 하는 물건이라는 것을 말이다.

하지만 각성자가 쉽게 제거할 수 있는 것이 아니다.

암흑 대차원에 오염된 에너지를 품고 있어 자칫 잘못했다가는 괴물을 만들어낼 수 있으니 말이다.

디바인 마크가 가지고 있는 혼돈의 힘을 이겨낼 수 있는 존재만이 파괴할 수 있었다. 차원정보학과에 다니는 학생들이 샴발라에 가서 각성을 한다고 S급 진성 각성자가 되지 않은 한 할 수 없는 일이기에 의심이 되지 않을 수 없었다.

"차원정보학과에 다닌 학생들을 이용하려 하다니, 뭔가 잘못 생각한 것 같은데?"

내 말에 두 사람의 눈빛이 흔들린다.

제 10 장

내게 보내준 정보에는 디바인 마크에 대해서 상세하게 설명이 되어 있지 않은데도 불구하고, 아는 것처럼 보이자 당황스러운 것 같다.

　"차원정보학과의 학생들을 이용하려는 이유를 물었다."

　"이용하려는 것이 아닙니다. 믿어지지 않으실 테지만, 제 말이 사실입니다."

　"그냥 믿어라?"

　"그렇습니다. 자세한 말씀은 다른 곳에 가서 드리도록 하겠습니다. 국정원에서 움직이고 있을 테니 말입니다."

　"그러도록 하지."

유미리의 말이 맞기에 상황을 주시하고 있는 지원 팀에게 연락을 취해야 했다.

— 전원 철수해라. 나는 이들과 함께 가겠다.

— 알겠습니다.

"지금 공간 이동을 하면 국정원에서도 알아차릴 테니까 옥상으로 올라가도록 하지."

이미 좌표축을 한 번 비튼 터라 국정원에서 촉각을 곤두세우고 있을 것이기에 비공정을 타고 가야 했다.

지원 팀원들도 옥상으로 이동을 했을 것이기에 서둘러야 했다.

옥상으로 올라가니 비공정이 착륙해 있었고, 팀원들이 전원 탑승해 있었기에 곧바로 올라타 본 문으로 향했다.

인식 차단 장치를 작동시키고 발생되는 에너지 파장을 흡수하며 운항을 하는 터라 비공정의 움직임은 국정원에서조차 알 수 없기에 우리는 별다른 방해 없이 본 문에 도착할 수 있었다.

오는 동안 현화로부터 제압한 자들을 국정원에 무사히 넘겼다는 보고를 들었기에 두 사람을 보안실로 데리고 갔다.

"자, 이제 말해봐."

두 사람을 의자에 앉힌 후 물었다.

"오랜 세월이 흐르는 동안 하오문은 막대한 희생 끝에 디바인 마크에 담긴 암흑 에너지를 정화할 방법을 만들어낼 수 있었

습니다. 우리는 검증된 인재들에게 정화된 에너지를 얻도록 할
생각이었습니다."

"암흑 에너지를 정화할 수 있다고?"

심연의 심안을 가진 나도 장천이 가지고 있던 디바인 마크의
에너지를 흡수하는 데 어려움을 겪었다.

그런데 그걸 정화할 방법을 가지고 있다니 믿어지지가 않았
다.

"그렇습니다. 세상이 시작되면서 신이라 칭하는 자들이 세상
을 농락할 때 그에 맞서는 사람들이 있었습니다. 죽음을 도외시
하고 신들과 맞섰던 사람들은 오랜 세월 동안 자신의 의지를 담
을 수 있는 그릇을 만들어냈고, 거기에 염원을 담았습니다. 바
로 신들이라 칭하는 존재들이 세상에 권능을 발휘하기 심어 놓
은 디바인 마크를 정화할 수 있는 염원을 말입니다."

"스피릿 에너지를 모아온 모양이군."

"그렇습니다. 수를 헤아릴 수 없는 많은 사람들이 자신을 희
생해 스피릿 에너지를 모았고, 그것으로 암흑 에너지를 정화할
수 있습니다. 정화된 암흑 에너지와 합쳐진 스피릿 에너지는 각
성자에게 인류를 한낱 장난감으로 여기는 신을 응징할 힘을 줄
수 있습니다."

"디바인 마크를 무력화시키면 신들도 권능을 발휘할 수 없는
것 아닌가?"

"신들이 디바인 마크를 심은 것은 차원 경계를 유지하는 차원력의 반발을 피할 수 없기 때문이었습니다. 그렇지 않으면 그저 초월자에 지나지 않은 힘밖에는 발휘할 수 없으니 말입니다."

"이제 차원 경계가 허물어진 상태니 디바인 마크가 없어도 권능을 온전히 발휘할 수 있고, 그들을 막기 위해 디바인 마크의 정화된 에너지를 흡수할 인재들을 찾은 것이로군. 이 세상을 침공할 신들이라는 존재를 막기 위해서 말이야."

"그렇습니다."

"좋아. 믿어주지. 그러면 대한민국에는 몇 개의 디바인 마크가 있는 거지?"

"지금까지 파악된 바로는 모두 열 개입니다."

"열 개라……. 위치는 알고 있는 건가?"

"언니가 파악하고 있을 겁니다."

"유연하만 알고 있다고?"

"많은 사람들에게 위치가 알려진다면 세상을 바꾸려는 괴물들에게 정보가 노출될 수도 있기에 언니만 알고 있도록 했습니다."

"알았다. 그러면 암흑 에너지는 어떤 것으로 정화할 거지?"

슈슈슈슈슈슈슈슈슈슛!

유미리의 주변에 에너지가 유형화된 비수가 떠올랐다.

공간 이동을 해왔을 때 나를 공격했던 것과 비슷한 모양이었는데 안에 담긴 것은 전혀 달랐다.

'아까 저것으로 공격을 해왔다면 나라도 절대 막을 수 없었을 것이다.'

오랜 세월 동안 수도 헤아릴 수 없는 사람들의 염원을 담았다고 하더니 비수 안에 담겨 있는 스피릿 에너지의 양을 측정할 수 없을 정도다.

만약 저 비수 중 하나가 내 주변에서 폭발하기라도 한다면 생사를 장담할 수 없을 것이다.

'하오문은 도대체…….'

이제는 하오문의 정체를 짐작할 수가 없다.

저들이 나에게 전한 정보가 사실인 것인지, 나에게 보이는 모습을 믿을 수 있는 지 의심이 간다.

'나에게 아직 전하지 않은 정보가 있다.'

나를 바라보는 눈빛을 보니 유미리는 나에게 모든 정보를 전한 것이 아니다.

유백상도 모르는 정보를 말이다.

― 너는 도대체 누구냐?

― 다른 이들을 모두 물리고 이곳을 세상과 완전히 차단해 주실 수 있습니까? 지구 대차원은 물론이고, 암흑 대차원의 에너지도 접근할 수 없어야 합니다.

— 가능하다.

— 그럼 그렇게 해주십시오.

유미리의 제안에 유백상을 내보내고 연결되어 있는 모든 감시 장치를 끄도록 했다.

그리고 심연의 심안을 일으켜 존재하는 모든 에너지 흐름을 차단하고, 새로운 공간을 만들었다.

누구의 관여도 없는 나만의 새로운 공간을 창조한 것이다.

"역시, 예상대로 선택받은 존재시군요."

"선택받은 존재라고?"

"스스로 차원 씨앗을 발아시킨 분이 아니십니까?"

"으음."

내 존재에 대해서 정확히 인지하고 있다니 의문이 아닐 수 없다.

"너는 유미리가 아니로군."

"맞습니다. 제가 이 세상에서 아버지라고 부르는 분은 딸이 하나밖에 없습니다."

"넌 누구지?"

"저는 다른 대차원에서 온 존재입니다."

"다른 대차원?"

"그렇습니다. 지구 대차원과 암흑 대차원을 만든 존재들이 인간으로 살았던 곳에서 왔습니다."

"언제 온 거지?"

"그들이 처음 대차원을 만들고 차원 씨앗을 심을 인류를 만들 때 왔습니다."

"이 세상이 창조될 때로군. 그때라면 차원 경계가 확실했을 텐데, 어떻게 넘어온 것인가?"

"제가 가진 모든 권능을 포기하는 것을 대가로 넘어올 수 있었습니다."

"너도 아까 네가 말했던 신들이라는 것들과 같은 족속인 건가?"

"맞습니다. 하지만 그들과는 다릅니다. 나는 지구 대차원과 암흑 대차원의 순환을 유지하기 위해 절대의 의지에 따라 이곳으로 왔으니 말입니다."

"절대의 의지를 따라 이곳으로 왔다니, 믿지 못할 이야기로군."

"제 의지를 걸고 모든 것이 사실입니다."

"좋아. 그게 사실이라면 아까 보았던 그 비수에 담긴 스피릿 에너지도 네가 말한 방법으로 만들어진 것이 아니로군."

"그건 아닙니다. 그릇은 제가 만들었지만 안에 담긴 스피릿 에너지는 오롯이 지구 대차원을 살아가는 인류의 것이니 말입니다."

"그것으로 디바인 마크의 암흑 에너지를 정화하는 것이 가능하다고?"

"다른 눈이 있어 그렇게 말씀을 드렸지만 그것만이 차원의 씨앗을 심은 선인류가 뿌린 힘을 제거할 수 있는 유일한 방법입니다. 이제 온전히 눈을 뜨십시오. 나와 같은 곳에서 온 존재여!"

"헉!"

유미리가 마지막으로 내게 한 말에 눈앞이 흐릿해진다.

내게 암시가 걸려 있었나 보다.

내가 자신과 같은 곳에서 존재라니, 그 말이 암시를 푸는 열쇠라도 된다는 말인가.

심연의 심안으로도 알아차리지 못할 암시가 나에게 걸려 있었다니 정말 놀라운 일이다.

시야가 다시 돌아온 것을 알았지만 어둠만이 내 시야를 지배하고 있었기 때문에 나는 아무것도 볼 수 없었다.

뭔가가 시야를 스치고 지나간다.

그것은 찰나의 순간을 보여주는 영상이었고, 이곳에 오기 전까지는 절대 받아들일 수조차 없었던 방대한 정보를 담고 있었다.

또 다시 찰나의 영상이 지나갔다.

방대한 정보가 다시 인식되었고, 지금까지 본 영상들이 차원의 생성과 소멸의 전 과정을 담고 있다는 것을 알 수 있었다.

그렇게 나는 수많은 찰나의 영상을 볼 수 있었고, 신이라도 감당할 수 없는 정보를 받아들여야만 했다.

시간이 얼마나 흘렀는지 알 수 없는 긴 시간동안 찰나의 영상을 보아야 했고, 거기에 담겨 있는 방대한 정보를 모두 인식해야 했다.

그리고 알 수 있었다.

유미리가 말한 선인류란 의미가 무슨 뜻인지 말이다.

모든 정보를 인식한 탓인지 다시 시야가 변했고, 내가 만든 공간에 돌아왔음을 알 수 있었다.

"이제 모든 것을 아셨나요?"

"알게 됐소. 당신의 분신은 모두 몇이나 되는 것이요?"

"당신과 같아요. 내 본신이자 분신은 나까지 합쳐 모두 아홉이에요. 두 개의 대차원을 만드는 데 관여한 선인류와 같은 수죠."

"내게 원하는 것이 뭐요?"

"아시잖아요. 당신은 절대의 의지에 따라 모든 것을 품고 이곳에 태어났다는 것을 말이죠. 나는 당신에게 두 대차원을 정화할 수 있는 권능을 줄 수 있을 뿐이에요. 이게 절대 의지로부터 내가 맡은 임무죠."

"으음."

"내 존재는 당신이 이 공간을 허무는 순간 사라질 거예요. 그리고 이 세상에 나란 존재가 있었다는 것을 아는 사람은 오직 당신뿐이게 될 거예요. 당신이 올바르게 선택하기를 바라요."

"알겠소."

"그럼 공간을 허무세요."

팟!

내가 창조한 공간을 허무는 순간 유미리의 존재도 눈앞에서 사라졌다.

아마 그의 분신들도 모두 사라지고 없을 것이다.

밖에 있는 유백상을 불러들여 물어봤지만 유미리의 존재를 모르고 있는 것이 분명하다.

디바인 마크를 없애야 한다는 것과 그 일을 할 수 있는 힘은 나만이 지녔다는 것만 말하고 있으니 말이다.

절대의 의지가 지구 대차원과 암흑 대차원의 인과율을 거슬러 아카식 레코드에 기록된 유미리의 모든 것을 지우고 비튼 것이 분명하다.

'그래도 다행이군. 나에게 선택을 맡겼으니 말이야.'

지구 대차원과 암흑 대차원이 개판이 된 이유를 알았다.

그리고 지금까지 내가 얻은 모든 정보들이 차원 질서를 어지럽혀 개판을 만든 자들의 변명이라는 것도 알았다.

신이라 칭해지는 자들은 처음부터 내 존재를 알았다.

내가 자신들을 심판하기 위해 절대 의지에 의해 이 세상에 태어난 존재라는 것을 말이다.

이제 모든 것을 알고 나니 허탈해져 무엇을 해야 할지 모르겠다.

지금까지 일어났던 모든 일과 앞으로 벌어지게 될 파멸의 시간이 모두 덧없는 것처럼 느껴지니 말이다.

'후우, 내가 이럴 때가 아니다. 진실이 무엇인지 확인하고 마무리도 해야 한다.'

허탈해지는 마음을 가다듬으며 정신을 차리고 보니 유백상이 열정을 다해 설명을 이어나가고 있었다.

"주군, 디바인 마크를 지금 없애지 않으면 세상의 균형을 무너트릴 존재들이 암흑 대차원으로부터 몰려올 것입니다. 그러니 반드시 찾아내어 없애야 합니다."

"알았습니다. 디바인 마크에 대해서는 알아보도록 하겠습니다. 피곤하실 테니 이만 쉬도록 하십시오."

"알겠습니다, 주군. 필요하실 때 언제든지 불러주십시오."

유백상이 말하고자 하는 것이 무엇인지 알기에 설명을 중단시키고 쉴 수 있도록 했다.

'일단 가보자.'

선인류라는 유미리를 통해 보았던 것들이 사실인지 확인도 해야 하고, 앞으로 어떻게 처리를 할지 정리하기 위해 잠시 시간을 가져야겠다.

― 현화.

― 예, 장문인.

― 잠시 생각을 정리할 시간을 가져야 할 것 같다. 집에 다녀올 테니 형과 함께 삼환문을 지키고 있어줘.

― 알겠습니다. 염려하지 말고 다녀오십시오.

현화에게 양해를 구한 뒤에 삼환문을 맡기고 빌딩을 빠져나와 집으로 향했다.

집으로 가기 전에 마트에 들러서 식재료들을 샀다.

국산 암돼지의 목살과 삼겹살, 그리고 숯을 비롯해 구워먹을 도구들도 사고, 곁들여 먹을 각종 채소와 양념들도 가득 샀다.

집으로 돌아와 재료들을 손질해 쟁반에 담고 난 뒤 밖으로 나왔다.

폐허가 되어버린 공장을 마주보는 공터에 벽돌을 쌓고 화덕을 만든 후에 가스 토치를 사용해 숯에 불을 붙였다.

발갛게 달아오르는 숯불 위에 벽돌로 만든 화덕을 거치대 삼아 돌판을 올려놓았다.

달아오르는 돌판 위를 도재지 비계로 닦아 이물질을 제거하고 삼겹살을 올려놓았다.

치―이이익!

달궈진 돌 판에 달라붙은 삼겹살에서 식욕을 돋우는 소리가 났고, 옆에 꼭지를 딴 양송이버섯도 올렸다.

삼겹살 밑면이 익기를 기다렸다가 윗면에 육즙이 흐르는 것을 보고 뒤집은 후 익혀 나갔다.

어느 정도 익자 집게와 가위로 먹기 좋은 크기로 썰어 썬 면을 아래로 해서 나란히 놓았다.

그리고 다시 뒤집으며 사면을 골고루 익히고, 소주를 들었다.

끼리릭!

뚜껑이 돌아가며 경쾌한 소리를 냈다.

쪼르르륵!

쪼르르륵!

미리 준비한 잔 두 개에 소주를 따랐다.

"고기 다 익었습니다. 어서 오세요."

대답이 없이 잠잠하다.

"고기 다 익었으니까 어서 나오라고요. 화내기 전에!!"

스스스스.

화덕 옆에 놓아둔 의자에 소리 없이 두 사람이 자리했다.

결코 잊을 수 없는 얼굴을 보며 하고 싶은 말이 많았지만 젓가락부터 건넸다.

쪼르르륵!

내 앞에 놓인 잔에도 소주를 따랐다.

"오랜만이네요. 한 잔 드세요."

잔을 들어 두 분 앞으로 내밀었다.

쨍!

잔을 부딪친 후 소주를 입안으로 털었다.

오늘은 목 넘김이 무척이나 쓰다.

삼겹살을 들어 후추를 섞은 소금을 찍어 입으로 가져가 씹기 시작했다.

두툼하게 잘라달라고 부탁해서인지 입안에 육즙이 터져 나왔지만 예전 같지 않은 맛이다.

두 분도 소주를 마신 후 삼겹살 한 점을 입에 넣고 씹기 시작한다.

누가 봐도 중후하고 잘생긴 모습의 두 분은 교도소에 계신다고 알려진 내 아버지와 큰 아버지다.

생물학적으로 이어진 사이지만 본질을 이루는 에너지의 성질로 따지자면 결코 연관이 되어 있지 않은 존재들이기도 하다.

내가 따라주지 않아도 두 분은 소주를 따르고 잔을 비워가며 고기를 드신다.

소주 한 병이 다 비워지자 미리 준비해 둔 다른 소주병을 각기 하나씩 들더니 뚜껑을 따고 병째로 술을 마시며 고기를 드신다.

예전 모습 그대로다.

어린 나와 형을 보러 송지암으로 오셨을 때마다 산 아래 있는 개천에서 잘 먹어야 한다며 고기를 구워주셨다.

넓찍한 돌을 찾아 불판을 만들고, 모닥불을 피워 고기를 구운 후 우리의 입에 넣어주며 소주를 마시며 간혹 한 점씩 안주로 고기를 드셨을 때와 같이 말이다.

두 분이 고기를 드시는 동안 조용히 삼겹살을 구웠고, 다 드신 후에는 목살을 구웠다.

어렸을 때 두 분이 우리를 위해 고기를 구워주었을 때와 마찬가지로 말이다.

목살은 기름기가 많이 없다며 항상 채소들로 쌈을 싸서 드셨기에 옆에 준비한 쌈 채소를 집어 드신다.

나도 그렇게 먹는 것이 더 맛있다는 것을 알기에 청양고추와 마늘, 그리고 쌈장을 함께 넣어 쌈을 싸서 구워진 목살을 먹었다.

고기는 금방 비워져 불판이 허전해졌다.

이제는 볶음밥을 만들 차례다.

남겨둔 비계를 이용해 기름을 내고 큰 이모가 준 김치를 가위로 잘게 썰어 볶은 후에 준비해 둔 즉석 밥을 뜯어 넣고 쌈장을 한 술 떠서 비비듯 같이 볶았다.

김치와 뒤섞여지며 밥알이 붉게 물들어 볶아진 다음 두 분에게 수저를 드렸다.

"잘 볶아졌으니 드세요."

아버지와 큰아버지는 말없이 수저를 받아든 후 볶아진 밥을 드시기 시작했다.

볶아진 밥을 다 드실 무렵 발갛게 달아오른 숯불은 어느새 재와 잔불만 남은 채 마지막 숨을 토해내고 있었다.

마지막으로 남은 소주 한 잔을 털어 넣고 남아 있는 볶음밥을 드시는 것을 보고 집 안으로 들어가 냉장고에서 약수터에서 떠온 약수가 담겨 있는 병을 가지고 와서 두 분께 따라드렸다.

컵에 담긴 시원한 약수를 드시더니 개운한 표정을 지으시는 것을 보니 맛있게 잘 드신 것 같다.

이제 못 다한 이야기를 나눠야 할 시간이었기에 질문을 던지기로 했다.

"큰아버지, 마음을 돌리신 것이 언제부터였어요?"

"나는 성진이가 태어나기 전에 마음이 흔들렸고, 네 아비는 네가 태어나기 전에 마음을 돌렸다."

"그랬군요. 그럼 우리 둘을 낳으신 분들이 내가 생각하는 그분들이 맞나요?"

"맞다. 그녀들의 배를 빌려 너희들을 낳았다."

"역시 그렇군요. 그러면 두 분은 우리가 당신들의 자식이라는 것을 알고 있나요?"

"모를 것이다. 알아야 좋을 것도 없고."

"후우, 왜 그러셨는지 이해는 가니까 그건 더 이상 따지지 않을게요. 그렇지만 이거 하나만은 알아야겠어요. 어째서 세상을 이렇게 만든 거죠?"

"으음."

큰 아버지가 대답을 하지 않고 신음을 흘리시기에 아버지에게 시선을 돌렸다.

"모든 것을 알고 온 것 같으니 말해주마."

큰 결심을 한 듯 아버지가 입을 열었다.

아버지의 입을 통해 담담하게 흘러나오는 이야기를 들으며 지금까지 내가 알게 된 모든 것들이 부정되었다.

아버지와 큰아버지는 유미리가 말했던 선인류라는 존재였다.

절대 의지에 의해 창조주로서 가져야 할 모든 힘을 가지고 처음으로 창조된 인류였던 것이다.

창조되는 순간, 이미 절대 의지의 한 조각을 품고 있었기에 차원을 구축할 수 있는 힘을 가지고 있었기에 두 분은 자신들이 가진 사명에 따라 아무것도 없는 무의 세계에 자신의 의지를 심어 두 개의 대차원을 만들었다.

암흑 대차원이라 일컬어지는 곳은 큰 아버지가 만들었고, 지구 대차원을 만든 것은 바로 아버지였다.

본래 절대 의지의 부여한 사명에 따라 하나의 소차원을 만들어야 정상이었지만 두 분은 각기 아홉 개의 차원을 아우르는 대차원을 만들었다고 한다.

절대 의지에 따른 순환의 질서를 본떠 대차원을 만들기는 했지만 감당할 수 없었던 두 분은 힘을 합쳐 지구 대차원과 암흑 대차원의 에너지를 기반으로 평행 대차원을 만들어 균형과 질서를 잡으려 했지만 실패했다고 한다.

아버지 말씀으로는 태고 시절 절대 의지에 반발해 스스로 태어난 미지의 존재가 평행 대차원이 만들어지며 발생한 에너지 파장을 발견하고는 곧장 침공을 개시했다고 한다.

절대 의지와 맞설 수 있는 미지의 존재가 침공함으로써 대차원들이 소멸에 이를 정도로 타격을 입었다.

내가 알고 있던 것과는 달리 대변혁이 일어나기 전에 이미 대차원은 변해 버렸던 것이다.

두 분이 만든 대차원들이 미지의 존재에게 잠식되면서 그나마 간신히 유지하고 있는 균형이 무너졌고, 이로 인해 절대 의지로부터 출발한 모든 대차원들이 무로 돌아갈 위기에 처했다고 한다.

두 분은 대차원을 본래의 모습으로 되돌리기 위해 절대 의지의 파편을 이용해 나라는 존재를 창조하는 선택을 했다는 것이 말씀의 요지였다.

"절대 의지는 스스로 태어난 존재로 무궁한 세상을 만들었고, 우리는 그로부터 창조된 존재로 그 세상을 채울 차원을 구축하는 존재였다. 하지만 절대 의지의 반발로 태어난 미지의

존재가 발산한 의지로 인해 오염되었다는 것을 몰랐다는 것이
문제였다. 그것을 알았다면 우리는 대차원을 창조하기 전에
스스로 소멸의 길을 걸었을 것이다. 오염된 의지에 깃든 한 가
닥 욕심으로 인해 소차원이 아니라 균형이 일그러진 대차원을
만들어 모든 것을 파멸로 이끌었으니 말이다."

"절대 의지에 반하는 존재가 있다는 것도 그렇고, 이 세상을
창조한 힘을 가진 두 분을 오염시킨 것이 가능하다니 믿어지지
가 않네요."

"우리가 창조한 대차원들도 생성과 소멸의 순환계를 따르지
만 절대 의지가 주관하는 무궁한 세상도 마찬가지다. 우리가 만
든 대차원에 적용되는 순환의 인과율과는 조금 다르겠지만 생
성과 소멸의 순환이 없다면 애시 당초 구축이 될 수 없는 것이
바로 차원이니 말이다."

"그럼 절대 의지라는 것도 보다 대차원보다 큰 차원을 주관
하는 존재라는 건가요?"

"그럴 것이다. 그러니 순환의 법칙에 따라 절대 의지에 반발
하는 존재가 나타난 것이겠지."

"그럼 스페이스와 현무는 뭔가요?"

"절대 의지가 보낸 사자를 만날 때까지 미지의 존재로부터
너를 보호하기 위해 우리들이 만든 사념체다. 둘의 역할은 미지
의 존재가 보낸 초월자들을 기만하는 것이었다."

"그러면 미지의 존재가 보낸 초월자들이 샴발라에서 봤던 자들이라는 겁니까?"

"그래. 절대 의지의 뜻에 따라 선인류가 창조한 차원들의 진정한 주인은 인류다. 오직 인류만이 차원 씨앗을 발아시킬 수 있고 차원을 성장시킬 수 있으니 말이다. 인류를 강제하는 초월적인 존재들과 신이라 칭해지는 존재들 대부분은 오염된 자들이다."

"절대 의지가 주관하는 무궁한 세상에 미지의 존재가 뿌린 의지로 인해 오염된 존재들이라는 말이군요?"

"그렇다."

아버지의 설명을 듣고 난 후 모든 것이 명확해졌다.

샴발라에서 얻은 정보들도 그렇고, 스페이스나 현무를 통해 얻은 정보들은 아버지와 큰아버지가 만든 대차원의 법칙과 절대 의지가 만든 무궁한 세상의 법칙이 혼재된 것을 설명하는 정보였다.

두 분이 나를 보호하기 위해 오염된 대차원에 던진 미끼가 바로 스페이스와 현무였고, 두 에고는 미지의 존재가 뿌린 의지에 오염되어 그릇된 정보를 나에게 전해주었던 것이다.

"절대 의지가 선인류라는 존재를 통해 정보를 보내왔고, 그것인 이미 나에게 전해졌어요. 마지막 선택은 나에게 맡겨졌고요. 이제 두 분은 어떻게 하실 작정인가요?"

"으음."

"음."

내가 두 분에게 던진 질문은 부서진 공장 잔해에 묻혀진 미지의 공간에 들어 있는 것을 어떻게 처리할 것인지에 대해서였다.

두 분은 아직도 욕심을 버리지 못했다.

나를 통해 세상을 정화하려는 절대 의지와 비슷한 선택을 했음에도 미지의 존재가 뿌린 오염의 근원을 아직 제거하지 못한 탓이다.

이미 오염되어 버렸지만 자신들이 만들고자 했던 상태로 대차원을 되돌리기 위해 암흑 에너지의 집합체인 디바인 마크를 숨겨두고 있는 것이다.

두 분도 절대 의지와 미지의 존재 간에 겨루어지는 승부의 추가 아직 기울지 않았다는 것을 알고 있는 것이다.

그러나 그것이 미지의 존재가 노리는 것임은 모르고 있다.

두 분은 반전의 기회를 얻기 위해 자신들의 선택에 따라 내가 태어났다고 알고 있지만 그건 결코 두 분의 의지가 아니다.

나는 절대 의지에 의해 태어난 존재인 것이다.

내게 전한 정보에 따르면 절대 의지는 두 분의 소멸을 바라고 있다.

두 분이 소멸하면서 발산하는 에너지를 이용해 지구 대차원과 암흑 대차원을 축소시켜 소차원으로 만들고 나머지는 깨끗

하게 정화하려는 의지를 가지고 나를 창조한 것이다.

내 의지가 서게 되면 두 분의 소멸이 시작되고, 두 대차원이 소차원으로 축소되는 과정에서 정화가 되는 것이다.

사실 미지의 존재가 뿌린 의지에 오염된 것은 두 분의 잘못이 아니다.

절대 의지는 미지의 존재가 스스로 태어나는 순간부터 아주 근소한 우위를 가지고 있었고, 이를 타파하기 위해 두 분을 미끼로 내놨기 때문이다.

미지의 존재를 끌어들여 두 분이 만든 대차원에 혼돈을 초래하고 이를 정화함으로써 좀 더 큰 우위를 가지기 위해 처음부터 계획된 일이었다.

한마디로 말해 두 분은 절대 의지가 두는 바둑에서 대마를 잡으려고 버리는 사석에 지나지 않았단 것이다.

유백상의 딸로 나타나 선인류라 밝힌 존재가 전한 절대 의지가 만든 세상을 보며 얻은 정보를 통해 나는 이 사실을 알았고 절대 의지의 계획에 분노했다.

수십억 인류의 운명이 절대 의지에게는 지나가는 개미만도 못하다는 것을 느꼈기 때문이다.

내가 얻은 안배들이 두 분에 의해 베풀어진 것이 아니라 절대 의지의 뜻에 따라 세상을 정화하기 위한 도구로서 나에게 주어진 것이었기에 분노를 넘어 허탈하기까지 했다.

어찌되었든 나는 선택을 해야 한다.

두 분을 소멸시켜 대차원들을 정화해 미지의 존재가 드리운 의지를 걷어 내거나, 아예 소멸시켜 새로운 차원을 만드는 에너지로 쓰거나 말이다.

둘 중에 어떤 것이든 선택하기 위해서는 두 분이 반전의 기회로 삼기 위해 보관하고 있는 디바인 마크들을 제거해야 한다.

정화의 세례를 받아야 하는 존재들처럼 두 분이 더 이상 돌이킬 수 없는 괴물 같은 존재로 변하기 전에 말이다.

"이미 수레바퀴는 돌아가기 시작했어요. 기회를 드릴 시간이 얼마 없으니 최대한 빨리 결정을 내려줬으면 좋겠어요. 결정을 내리면 곧바로 연락을 주시고요."

"아, 알았다."

"그러면 이만 돌아가세요. 떼어놓은 공간을 다시 이어야 하니까요."

"그렇게 하마."

두 분은 곧바로 시야에서 사라졌다.

심연의 심안으로도 두 분의 존재감을 찾을 수 없는 것을 확인하고 유리시킨 공간을 다시 이어 붙였다.

이곳으로 오기 전에 내가 했던 과정의 결과를 만들어야 할 시간이다.

이제는 새것처럼 보이는 병을 따고 소주를 따라 마시며 구워진 채로 변화가 없는 삼겹살을 먹기 시작했다.

"쩝! 쩝! 맛있군."

유리된 공간을 만들어 공간을 겹친 후 두 분을 불렀다.

유리된 공간에서 두 분을 만나는 동안 본래의 공간은 시간의 흐름마저 정지시킨 터라 그 어떤 존재도 그곳에서 벌어진 일을 알지 못할 것이다.

그것이 절대 의지나 미지의 존재라고 해도 말이다.

유리된 공간에서 내 의지로 만들어낸 것과는 달리 고기는 아주 맛이 있었다.

결과가 어떻게 될지는 모르지만 두 분과 있었을 때와는 달리 이렇게 맛있는 것을 보면 모든 것을 확인했기 때문인지도 모르겠다.

한 점, 한 점 고기를 먹으며 생각을 정리했다.

두 분이 결정을 내리기 전까지 나머지 디바인 마크를 처리하기로 결정을 내렸다.

절대 의지가 이곳으로 보낸 선인류를 통해 이미 다른 곳에 있는 디바인 마크를 처리했다는 것을 알기에 한반도에 존재하는 나머지 것들을 처리를 할 생각이다.

그렇게 고기를 구워먹으며 세 번째 소주병의 뚜껑을 땄을 때 아리와 성진이 형이 집으로 왔다.

생각할 것이 있다며 집으로 가놓고 혼자서 고기를 구워먹는다고 핀잔을 준 형은 곧바로 전화를 걸었다.

얼마 지나지 않아 근호 형을 비롯한 오인방과 현화가 집으로 왔고 그들의 손에는 고기와 술이 들려 있었다.

이제는 어떻게 불러야 할지 모르는 두 분 이모가 대적자란 존재를 모으고 있는 이유를 알아보러 가야 했지만 고기를 구워먹으며 한잔하기로 했다.

고민스러운 표정으로 갑자기 집으로 간 나를 걱정해 모인 사람들을 위해 한 잔 하는 것도 좋을 것 같았기 때문이다.

현화는 조금 자중하는 것 같았지만 다른 이들은 허리띠를 풀고 술을 마셨다.

술이 떨어지면 술을 사왔고, 정육점이 문을 닫아 고기를 사오지 못했을 때는 편의점에서 다른 안주를 싹쓸이해 밤새워 술을 마셨다.

다들 S급에 달하는 터라 술에 취하지 않는 몸이 됐지만 능력이 발동하는 것을 억제하며 일부러 술에 취했다.

어느덧 동이 터오자 술자리를 정리했다.

정리가 끝나자 나와 형만 남겨 놓은 채 아리를 비롯한 다른 이들은 삼환문으로 돌아갔다.

나는 공장을 바라보며 떠오르는 해를 바라보았다.

성진이 형은 나를 바라보고 말없이 서 있다가 해가 완전히 떠오르자 입을 열었다.

"무슨 일이 있어도 나는 너를 믿는다. 저 떠오르는 태양처럼 너는 한결 같았으니 말이다. 어떤 어려운 결정인지 모르지만 너는 삼환문의 장문이다. 우리는 무조건 네 뜻을 따를 테니 원하는 대로 해라. 실패해 봤자 세상이 멸망하는 것밖에는 없으니 말이다."

"형!!"

"자식, 뭔가 속에 담고 있지만 나에게 말하지 못할 사정이 있다는 것은 안다. 알려줄 때가 되면 알려줄 것이고, 그렇지 않다면 궁금해하지 않을 테니 말하지 마라. 다시 한 번 말 하지만 네가 원하는 대로 해라."

"알았어. 그리고 고마워, 형."

"나는 이만 가볼 테니 결정을 하고 돌아와라."

형은 가슴을 뜨겁게 하는 말을 남기고 자리를 떠났다.

"그래. 어떤 선택을 하게 될지 아직은 모르지만 내가 원하는 대로 하자. 그것이 어떤 결과를 초래하든 내 뜻이 가는 대로 말이다."

머지않아 선택의 시간이 올 테니 이제 본격적으로 움직일 때였다.

우선 이모들부터 만나야 하기에 곧바로 공간을 접어 이동을 했다.

제주도로 이동을 하기는 했지만 혹시나 하는 마음에 두 분 이모가 있는 안가에서 조금 떨어진 곳을 좌표로 삼았다.

아니나 다를까 공간 이동을 하자마자 빠르게 달려오는 자들의 인기척이 느껴졌다.

전투 슈트를 입고 빠른 속도로 다가오고 있는 자들의 능력을 보니 최소한 A급은 되는 것 같다.

제주도에서도 지금 한창 작전이 진행 중이다.

현화가 퍼트린 정보를 기반으로 잠입한 자들을 처리하기 위해 터줏대감이라고 할 수 있는 문파들이 본격적으로 움직이기 시작한 터라 삼엄하게 경계를 하는 모양이었다.

"어쩐 일이십니까?"

나를 보고 멈춰 선 이들 중에 선두에 있던 자가 물었다.

대적자를 이송시켰을 때 처리를 했던 큰 이모의 수하 중 하나가 내 모습을 알아보았던 것이다.

"이모들은 계십니까?"

"계십니다만?"

"이모님들을 뵙고 싶은데, 가능합니까?"

"일단 연락을 해보겠습니다."

스킨 패널을 이용해 텔레파시로 연락을 주고받고 있는 것인지 말소리는 들리지 않았지만 내가 왔다는 소식에 큰 이모들이 무척이나 놀랐던 모양이다.

스킨 패널을 통해 연락을 이모들과 주고받던 요원의 얼굴이 시시각각 변하고 있으니 말이다.

"오시라고 합니다."

"가시죠."

경계를 서는 이들의 호위를 받으며 이모들이 머물고 있는 안가로 향했다.

한라산과 가까운 오름의 중턱에 위치한 안가에서 많은 이들의 기척이 느껴졌다.

대부분의 인기척이 지하에서 느껴졌다.

안가 내부에 있는 것이 아니라 지하에 마련된 수련장에서 수련에 매진하고 있는 것 같다.

길게 둘러쳐진 돌담을 지나 안으로 들어서니 군데군데 만들어진 자그마한 화단들이 보인다.

전에는 없었던 것들이었다.

화산 석을 이용해 지상에서 약 50센티미터 높이로 둘레를 쌓아 만들어진 화단들이었는데, 배치된 위치가 정말이지 심상치 않았다.

'위치만이 아니군. 안에 있는 나무나 꽃들도 단순하게 심은 것이 아니었다.'

놀람을 애써 감추고 앞장서서 안내하는 요원을 따라 안가로 사용하는 건물 안으로 들어갔다.

대적자들을 데리고 왔을 때와는 안가 안이 많이 달라져 있었다.

마치 군부대의 본부처럼 바뀌어 있는 내부의 모습을 확인하며 커다란 모니터를 보고 있는 이모들에게 다가갔다.

이제는 두 분에게 진실에 대해서 들을 차례다.

〈『차원통제사』 제9권에서 계속〉